赤川ミカミ
Mikami Akagawa
illust: ヤッペン
ルーンヴァリス王国の最強執事
三人のお姫さまを俺好みに育てました
KiNG novels

情熱的な第三王女
ディアナ
癒やしの第二王女
カルミラ

おっとり第一王女
セラフィーヌ

「も、もう少し手加減しなさいっ！
あぅ、またっ……んぅっ！」
「ジュリアン……わ、私にもっ！
セラ姉様だけじゃなくて、
私もちょうだいっ！」
俺は片手でディアナを抱えつつ、
目の前のセラフィーヌとカルミラも犯す。
勢いよく腰を動かすと、それに合わせて
セラフィーヌが嬌声を上げた。
「ひゃうんっ！　はぐっ、あぁぁっ！
どんどん激しくなってるっ……！」

ルーンヴァリス王国の最強執事

～三人のお姫さまを俺好みに育てました～

赤川ミカミ
illust：ヤッペン

KiNG novels

ルーンヴァリス王国の最強執事

contents

プロローグ　専属執事の秘密

その日は、ルーンヴァリス王国の王城で働く者にとって特に忙しい一日となった。

俺こと執事のジュリアンも、あちこち行ったり来たりで休む暇がない。

「今日は本当に大変だな。俺が王城に来てからでも、指折りの忙しさだ」

主な理由は、三人いる王女様のうちの、第一王女セラフィーヌと第三王女ディアナが同時にパーティーを開いているからだ。

いちばん大きなホールはディアナ姫が使用していて、王都にいる貴族たちを招き、実に華やかなパーティーを主催している。

豪華な料理をこれでもかと用意しており、ホールもきらびやかに飾りつけられていた。

ディアナ姫の派手好きな性格と、社交界好きな部分がよく表れている。

当然、いちばん多くの人手が必要で、王城の使用人たちの三割がそれにかかりきりだ。

姉のセラフィーヌ姫のパーティーはそれよりも控えめな規模で、王城の庭園で行われていた。

控えめとはいっても、第一王女によるパーティーだ。こちらも、百人以上の客が招かれていた。

しかも集まっているのは、彼女に才能を見出された、王国の次代を担う優秀な人材ばかり。

こちらも下手な対応はできず、ベテランの使用人たちが対応している。

さらには、第二王女のカルミラと王女たちの母であるマチルダ女王が、大会議室で半年に一度ある重要な会議中だった。大臣はもちろん、主要都市の代表たちも集まった大規模な会議なので、部屋や食事の準備も大がかりになる。

そういった事態が重なった結果、本来ならば執事である俺までもが、手が足りない場所を手伝っているという状況だ。忙しげな使用人が行き交う通路の端で資料確認をしていると、テーブルを運んでいるメイドたちに声をかけられた。

「ジュリアンさん！　このテーブルは、どこへ持っていけばいいんでしょうか？」

「ああ、それは外のセラフィーヌ様のところへ。ゲストが予想以上に多いんだ。なんでも、昨日になって招待状を増やしたとか……」

「そ、そうなんですか？」

「ああ、あの方のマイペースはいつものことだけどね。よろしく頼むよ。セラフィーヌ様が見込んだゲストなら、丁重に扱わないと」

「はい！」

元気よく返事をして庭へ向かう彼女たちを見送ると、今度は初老の男性に声をかけられる。

「ジュリアン、少しいいか？」

「副執事長！　どうしたんですか？」

「ディアナ様のパーティーで歌を披露する予定の吟遊詩人だが、到着が遅れているようだ。このまま間に合うかね？」

「それについては手を回しています。王都でも大人気の吟遊詩人ですから、ファンに囲まれてしまったようです。衛兵隊に護衛してもらいますから、なんとか時間には間に合うかと。ディアナ様は気が短いですから、お待たせしたら怖いですしね」

そう言うと、副執事長は一瞬驚いた表情を浮かべた後で笑みを浮かべる。

「さすが、女王陛下が直々にスカウトしただけあって優秀だな。最初に、旅商人の息子だと聞いたときは不安に思ったものだが……」

「まだまだ修行中の身です。副執事長、これからもご指導のほどよろしくお願いします」

「ああ、期待しているぞ」

副執事長が大ホールのほうへ行くのを見送ると一息つく。

「ふぅ。パーティーもそろそろ終盤だし、ようやくゆっくりできそうだ」

まだ油断はできないけれど、王城がいちばん忙しい時間は終わったと考えていいだろう。

ただ、俺個人としてはまだ色々と仕事が残っている。

「そろそろ会議が終わる時間か。カルミラ様を迎えに行かないと」

俺は資料を懐に入れると、大会議室へ向かった。

王城の上部にある大会議室近くまで来ると、参加している大臣や将軍たちの副官や従者たちでにぎわってくる。俺は彼らを横目に裏へと回り、扉の前で待機する。

やがて会議が終わり、扉が開いてふたりの女性が歩み出てきた。

ひとりは金髪碧眼で風格のある女性。マチルダ女王だ。

少しキツめの印象を受ける美人で、三人も娘を産んでいるとはとても思えないほど美しい。

次ぎには、女王に付き従うようにして、艶やかな黒髪を長く伸ばした少女が出てくる。

俺が執事として仕えているお姫様のひとり、第二王女のカルミラだ。

その場で跪く(ひざまず)と、女王陛下がこちらに視線を向けてくる。

「誰かと思えばジュリアンか。カルミラを迎えに？」

「はい、そのとおりです。セラフィーヌ様とディアナ様のパーティーも、そろそろ終わりますので」

「そうか、今日は大変だったな。ご苦労だが、娘たちのことを頼むぞ」

「はっ！　お任せください」

そうして、マチルダ女王が侍女を引き連れて立ち去ると、ようやく俺も立ち上がる。

「カルミラ様も、お疲れ様でした」

「ええ、ありがとうございます」

一礼してから顔を上げると、彼女も微笑んでいた。髪の色こそ違うけれど、目は母親譲りの碧眼だ。王国の王女三人はそれぞれ特徴的な美人で、一見すると姉妹に見えないこともあるけれど、目の色だけはマチルダ女王から引き継いでいる。

この碧眼は代々の王女たちが受け継いでいる、ルーンヴァリス王家の特徴だった。

「このあとは、執務室でよろしかったでしょうか？」

「はい、すぐに片付けておきたい書類があるので」

「承知いたしました」

三王女の中でも、カルミラはいちばん真面目で実務的な性格をしている。

俺のような使用人にも言葉を崩さないし、生活も規則正しい。

マチルダ女王は多彩な才能を持っている名君として有名だけれど、その実務能力の高さはカルミラに受け継がれているのだろう。

丁寧で真面目な性格は父親似なのかもしれないけれど、断定はできない。

王女たちは皆、父親が誰か分からないからだ。

不義の子だという意味ではなく、それがこの国の伝統なのだった。

ルーンヴァリス王国は、代々の【女王】が統治してきた歴史がある。

その中で、女王たちは父親を明かさずに子を産んでいるのだ。

これは、女王の婿やその実家が、王家の権威を利用しようとするのを防ぐ目的がある。

実際、遠い過去に婿が王女を誘拐してクーデターを起こそうとしたことがあるという。それ以来ずっと、この秘密は徹底されていた。王女たちの父親の正体を知っているのは、女王と父親のみ。だから、長年仕えている侍従長や側近の大臣はもちろん、当の王女たちすらも父親を知らない。

父親候補となるのは貴族はもちろん、使用人や城に出入りしている商人、はてはたまたま立ち寄った旅人までが可能なので、特定は困難だった。

唯一の条件は、自分が王女の父親だということを、死ぬまで秘密にできることのみ。

そして、生まれた子供たちは実の父親を知らずに育っていく。

普通では考えられないけれど、これがルーンヴァリス王国の王家だった。

それから俺は、カルミラに付き従って彼女の執務室まで同行する。

中に入ると、大きな執務机の上に数十枚の書類が重ねて置かれていた。

「凄い量ですね。昨日見たときには無かったと思いますが、朝からこの量の書類を処理していたんですか？」

カルミラの仕事人間っぷりはよく知っているけれど、それでも少し驚いてしまう。

「今日は会議がありましたからね。出席する領主や貴族がついでとして、王家のサインが必要な書類をどっさり持ち込んできたんです」

「ああ、重要な書類を使者に任せるのは、警備などのコストもかかりますからね」

「ですから、私のサインでも大丈夫なものを回してもらったんです。女王陛下にすべてお任せするわけにはいきませんから」

そう言うと、彼女は執務机について書類仕事を再開した。

真剣にペンを握っている姿は、王女というより政務官のようだ。

「パーティーにでも出れば、立派にお姫様なんだけどな……」

誰もが彼女の実務能力の高さにばかり目が行きがちだが、女性としての美しさも他の王女に見劣りしない。女王譲りの碧眼は透き通るように美しく、意志の強そうな顔立ちをしている。

腰のあたりまで伸ばした黒髪は艶やかでクセもない。服装で隠れ気味だがスタイルもよく、特に胸元は十分に巨乳と言っていいサイズだ。

三人の姫の中では地味かもしれないけれど、姉妹たちに負けない魅力がある。

もう少し華やかな服を着て、社交界に出れば注目の的なんだろうけれど……。

「まあ、本人の気質が生真面目だからな。仕方ないか」

「ん？　ジュリアン、何か言いましたか」

どうやらつぶやきが耳に入ってしまったようで、カルミラが顔を上げる。

「いえいえ、独り言です。お邪魔して申し訳ございません」

「ならよいのですが……」

「それより、やはり大変そうですね。僭越ながら、お手伝いしましょうか？」

これでも商人の息子だ。書類の処理くらいはできるし、信用はされていると自負している。

けれど彼女は首を横に振った。

「いいえ、これらは私のサインが必要なものですから、隅々まで目を通さないと」

その言葉を聞いて、本当に真面目だなと思った。

セラフィーヌなら自分が引き立てた優秀な文官に確認を任せてサインだけするだろうし、ディアナならばサッと目を通して問題なさそうなら、とっととサインしてしまうだろう。

人を使うのが上手くて、自分はのんびりする長女。

実務能力は図抜けて高いが、抱え込みがちな次女。

即断即決で頼れるけれど、細かいミスの多い三女。

というのが三人の姫様たちの特徴だった。

そして、俺はそんな姫様たち三人専属の執事であり、ある特別な使命を帯びた教育係でもあった。

「カルミラ様。お仕事も良いですが、今夜は例の勉強会もありますので、お忘れなきように」

「ッ！　わ、分かっています。ジュリアンの部屋へ行けばいいんですよね？」

「ええ。今夜はセラフィーヌ様とディアナ様もいらっしゃいますので」

「さ、三人でいっしょに……」

俺の言葉を聞いたカルミラが、目を逸らして顔を赤くする。

「申し訳ありません。個別指導のほうがよいことは分かっていますが、本日はパーティーの準備でなかなか時間が取れなかったもので」

「……仕方ないですね。ジュリアンも頑張ってくれていますし、無理を言うわけにはいきません」

小さくため息をついて、頷くカルミラ。

「では、準備をしてお待ちしております」

俺は彼女に深く一礼すると、執務室を後にするのだった。


そして、その日の夜。

あまり私物がなく、普段から殺風景な俺の部屋が、急に華やかになっていた。

この城……いや、王国の中でも最も美しい三姉妹が集まっていたからだ。

「こんばんは、ジュリアンくん。今夜のお勉強を楽しみにしていたわ♪」

まず話しかけてきたのは、雪のような美しさと穏やかな雰囲気を身にまとった女性だ。

彼女はセラフィーヌ・ルーンヴァリス。王国の第一王女だった。

年齢は二十歳過ぎで、銀髪の癖っ毛をセミロングにしている。

少しタレ気味で穏やかに見える目に、王女の証である美しい碧眼。

常にニッコリ笑みを浮かべていて、のんびりしているように見える。

実際、王族にしてはかなりマイペースな性格だ。ただ、それは本人が働きたがらないだけで、実際には計算高くしたたかだ。ときにその頭脳がいたずらに使われることもあり、手を焼かされる。

スタイルも三姉妹の中ではいちばん起伏に富み、特に胸はメロンほどもある爆乳サイズだった。

「パーティーが終わったばかりなのに、ご足労いただいてすみません」

「いいのよ、ジュリアンくんも忙しくて大変だろうし。今日は美味しいお菓子をたくさんプレゼントしてもらったから、少しは運動しないと太っちゃうわ。うふふっ」

そんなことを言いつつ、彼女はベッドに座る俺の左横に腰掛けてきた。

そのまま左腕も、胸元で抱えられてしまう。腕に豊満な胸の感触が伝わって下半身が熱くなりそうになったが、そこでまた別の声がかけられた。

「ちょっとジュリー、なに勝手に、セラ姉様に手を出してるのよっ!?」

「い、いや！　これはセラフィーヌ様が……」

「ふん、そんなこと言いつつ鼻の下を伸ばしちゃって。本当に変態なんだからっ！」

そう言いながら、ひとりの少女が俺の前に立って仁王立ちする。

彼女はディアナ・ルーンヴァリス。王国の第三王女だ。

年齢は十代半ば過ぎで、まだ少し幼さが残っている。

燃えるように赤い髪を、腰まで伸びる長いツインテールで纏めているのが特徴だ。

少しキツめの顔立ちで、覇気のようなものすら感じられる雰囲気はマチルダ女王譲り。

こちらを見つめるツリ目の瞳はもちろん碧眼で、睨まれるとすくみ上りそうになる。

ちなみにスタイルのほうも年齢以上によく、全体のバランスで見れば姉たちにも匹敵する。

こうして睨まれていると少し怖いけれど、いざというときはリーダーシップを発揮して周りを引っ張るカリスマがあった。

三姉妹の中でも、先頭に立って人を率いるという点では最も能力が高い。

実際に使用人や貴族たちの人気もあり、姉妹の中では最も次期女王に相応しいという声もある。

彼女は俺のほうに近づいてくると、顔を覗き込んできた。

「ふん、このわたくしがジュリーみたいな変態に性教育されるなんて、本当は死んでも御免なんだけど……」

「そう言われましても……女王陛下のご指名ですので」

そう、俺の特別な使命というのは、王女たちに性教育をすることだった。

「ディアナ、あなたは毎回ジュリアンに噛みつくのね。私たちにとっては必要なことなんだから、理解しないと」

「カルミラ姉様！」

ここで助け舟を出してくれたのは、カルミラだった。

カルミラ・ルーンヴァリス。王国の第二王女だ。

遅れてきた彼女はディアナの背に手を回すと、そのままベッドまでやってくる。

「ごめんなさい、書類の処理で手間取ってしまって」

「いえ、問題ないです。細かく時間を決めている訳じゃないですから。あと、ご助言ありがとうございます」

「貴方は私の執事なんですから、当たり前です。それに姉として妹を諭す義務もあります」

そう言ってカルミラが頭を撫でると、ディアナは途端に気持ちよさそうな表情になる。

「んっ……わかりました。今日はこの辺にしておきます」

時に苛烈なことも言うけれど、末姫の彼女は、他の誰より家族愛が深いのも特徴だった。

それにカルミラの言うとおり、王女たちに対する性教育は必須事項だ。

なにせ彼女たちは、自分の手で密かに相手の男を見つけて子作りしなければならないのだから。

「それで、今夜はどんなお勉強をするのかしら？」

妹たちのことを横目に、セラフィーヌが問いかけてくる。

柔らかい笑みを浮かべていて、これからの行為を楽しみにしているようだ。セラフィーヌは特に性教育に積極的で、自分でも情報を集めているのか、知識でも実技でもいちばん優秀だった。

「実は、今日は姫様たちに色々お任せしようと思っております。自分で考えて動くほうが、身につくこともありますし」

これまでの勉強で三人全員が、知識も技術も、ある程度まで身に着けている。

いちばん参加の遅かったディアナが少し心配だけれど、姉ふたりが上手くサポートしてくれるだろう。表向きは、次期女王の選考という意味で競争関係にある三人だけれど、姉妹の関係自体はとても良いのだから。

それに次期女王の座についても、セラフィーヌとカルミラがあまり乗り気でないため、ディアナが単独トップを走っている。しかし、姉ふたりも王女としての自覚はあるので、もしディアナに何かあれば、選考にもっと積極的になるかもしれない。

「まあ、そういうことなら好きにしちゃおうかしら！」

俺が任せると言ったことで、セラフィーヌは少し驚いた表情をしていたが、すぐに満面の笑みを浮かべた。その一方で、カルミラとディアナはまだ戸惑っているようだ。

「わ、私たちが自分で……ですか。なにから始めればよいでしょう……」

「はぁ……やればいいんでしょう、やればっ！」

どうすればいいかオロオロしているカルミラに対して、ディアナは即断即決だった。

俺との性行為に、まだあまり乗り気ではない彼女だけれど、一度決めれば行動は早い。

「ジュリー、こっち向きなさい」

「ディアナ様……むぐっ!?」

彼女のほうを向いた瞬間、唇を塞がれた。キスされたのだ。

「ひゃっ!?　ディ、ディアナ!?」

「あらあら、先を越されちゃったわねぇ」

正面からキスしたディアナは、そのまま唇を合わせてつながりを深くする。

目を開けると、羞恥心で頬を赤くしながらもしっかり俺を見つめるディアナと視線が合った。

「ん、ちゅっ……ぷはっ！　これで最初のつかみはいいかしら？」

「さすがディアナ様です。奇襲して行為の主導権を握るという意味では、完璧ですね」

そう言うと、彼女も少しだけ気分を良くしたようで満足そうにうなずく。

ディアナは普段は、あまり俺に好意的ではない。

ただ、女王陛下の密命ということもあり、性教育に関しては最低限の協力をしてくれている。

しかし、そんなディアナに先を越される形になったセラフィーヌが、ややむくれてしまった。

「ジュリアンくんったら、油断してるからディアナにキスを奪われちゃうのよ？　私が最初にやる気になったのに……」

妹に先手を取られたからか、少し拗ねたような表情になるセラフィーヌ。

「すみません。でも、今夜は早い者勝ちですよ」

「そう？　なら、こっちの最初はわたしが貰っちゃうわね！」

俺の腕を抱えていた手が動き、下半身に向かう。

そして、ズボン越しに俺のものを掴んだ。

「うぐっ！　セ、セラフィーヌ様……」

「大人しくしててね。わたしの手で気持ちよくしてあげるからっ♪」

ニッコリと笑みを浮かべると、そのまま手を動かし始めた。

最初はズボン越しにさするようにしながら、徐々に刺激を強めていく。

彼女の白魚のように細い指が巧みに動き、その刺激で徐々に勃起してしまった。

「くっ、セラフィーヌ様！」

「うふふ、硬くなってきたわねぇ。じゃあ、直に見てみましょうか」

ズボンのベルトに手を伸ばすと流れるような手つきで留め金を外し、そのまま下着ごと脱がされてしまう。さすがにテクニックでも一番なだけあって、服を脱がされるのも一瞬だ。

それまで衣服で押さえられていた肉棒が立ち上がり、その存在を主張する。

「わっ!? ジュリアンの、もうこんなに……すごいです……」

「くっ、セラ姉様に手で奉仕されて、あんなに興奮するなんてっ！」

様子を見ていた妹姫たちが、勃起した肉棒を見てそれぞれに反応する。

カルミラは驚き、ディアナは嫉妬していた。

それをよそに、セラフィーヌはまた肉棒に指を絡ませていった。

「んっ、すごく熱いわぁ、指が火傷しちゃいそう。……こんなのが中に入ってきたら、女の子はどうなっちゃうのかしらねぇ？」

「ごくっ……」

耳元で煽るように囁かれて、反射的に想像してしまう。

セラフィーヌが、カルミラが、ディアナが俺とのセックスで喘いでいる姿を。

実際に経験があるおかげでリアルに想像できてしまい、急激に頭に血が集まって熱くなっていった。高貴な王女たちが、淫らに喘ぎ声を上げる光景は背徳的で興奮するのだ。

そんなとき、これまで横で見ていたカルミラが近づいてきて、俺の肩を掴んだ。

「カルミラ様？」

「私だって、ジュリアンからの性教育でテクニックは学んでいます！」

「うわっ！」

彼女が力を入れると、俺はそのままベッドへ押し倒されてしまう。

そして、仰向けで横になった俺へとカルミラが顔を近づけてきた。

「私もキス、していいですか？」

「そ、それはもちろん」

少し驚きながらも頷くと、彼女はすぐに口づけてきた。

「んんっ！　はむ、はぁっ……！」

しっかりと唇同士を合わせて、隙間ができないように押しつけてくる。

俺もそれに応えるようにキスし返すと、彼女の表情が緩んだ。

「ん、んんっ……ちゅ、れるっ……もっとキスしますから、気持ちよくなってください」

彼女の積極的なキスで、俺も一気に興奮を強めてしまった。

普段の真面目に仕事をしている姿を見ているだけに、こんなふうにエロい姿を見せられるとギャップが効いてくる。

「カルミラったら、いつもスタートが遅いんだから。でも、その分積極的になってるみたい」

「むぅ……わたくしも、カルミラ姉様に負けられないわ！」

「あら、今日はディアナも珍しく積極的なのかしら？」

「こ、これは仕方なくです、セラ姉様！　わたくしの技術が遅れていると思われて、姉様たちに迷惑をかけるわけにはいきませんから！」

その様子を見ていたふたりも、また動き始める。

それぞれ自分の服に手をかけると、大胆にはだけて興奮で火照った肌を晒した。

セラフィーヌは堂々としていて、ディアナは大事な部分を手で隠している。

「わたしもお姉さんとして負けていられないわねぇ。もう少し大胆に楽しんじゃおうかしら？」

「ふぅ……いざするとなると体が熱くなってくるわ。ジュリーのせいでこんなに淫らな体になっちゃったんだから、責任はとってもらうわよ！」

セラフィーヌは横に陣取ると、俺の左手を持って自分の胸へ押し当てる。

今度は服に邪魔されない、生の乳房だ。

しかも、ただでさえ巨乳な妹姫たちの上を行く爆乳サイズ。

「くっ、これはっ……」

手にわずかでも力を込めると、面白いほど簡単に柔肉へ指が沈んでしまう。

三姉妹の中でも特に大きな乳房は、クッションのように俺の手を受け止めていた。

彼女たちに任せると言った手前、あまり勝手にするのは良くないと思ったけれど、その柔らかさを楽しむのを止められない。

「きゃっ！　あんっ……その調子でもっと弄って？　さっきから胸がうずうずして仕方ないの……」

「なら、遠慮なく弄らせてもらいますよっ！」

本人からの許しが出ると、手の動きはまた激しくなる。ぐにっと乳房の形が変わるほど揉みしだきながらも指先で、ピンと硬くなった乳首をクニクニと弄る。

「あうっ、んくぅっ……ああぁぁっ！　いいわ、気持ちいいのっ！　もっと、もっとぉ！」

巷では巨乳なほど感覚が鈍いなんて話も聞いたけれど、セラフィーヌの場合は真逆だった。

爆乳サイズの乳房は性感帯の塊で、どこを揉んでも気持ちよくなってしまう。

夢中で愛撫を続けていると、急に下半身から熱い快感と圧迫感が伝わってきた。

「ディ、ディアナ様っ！」

そちらを見れば、なんとディアナが俺の腰にまたがって騎乗位で肉棒を咥え込んでいた。

しっかりと膣内のいちばん奥まで収めてしまって、もう抜ける気配がない。

「ふん、ジュリーがカルミラ姉様のキスとセラ姉様の胸に夢中になってるからいけないのよ！　わたくしがたっぷり搾り取ってあげるわっ！」

彼女はそう宣言すると、そのまま大胆に腰を動かし始めた。

引き締まった足腰を使った、大きなストロークでのピストン。先ほどのキスで興奮していたらしく膣内も愛液でいっぱいで、キュンキュンと刺激的な締めつけが気持ちいい。

「はっ、んくっ！　どうかしら、こうすれば気持ちよくなってしまうでしょう？　ほらほらっ！」

俺の上で腰を振り、快感に顔を赤くしながらも見下ろしてくるディアナ。

お嬢様気質の彼女らしく優越感のある表情だけれど、快楽を感じているのは隠しきれていない。

「くっ……確かに上手になりましたね、ディアナ様。さすがに優秀だ」

「このくらい、ジュリーに教えてもらわなくても自分で学べるんだからっ……あっ、んんっ！　ひゃわっ！」

俺の言葉に得意そうな表情になる。けれど、そこで油断してしまったのか肉棒が最奥へ深く突き刺さった。その刺激は予想外だったようで、彼女の口から甲高い嬌声が上がる。

強気なことを言いつつも、やはり快楽を制御できないあたり、まだまだだ。そんなディアナと会話していると、自分たちのことを忘れるなとばかりに、姉姫ふたりが強めに刺激してくる。

「ジュリアンくん、こっちでも楽しんでね？　性教育の成果、採点してほしいわっ♪」

セラフィーヌは妖艶な笑みを浮かべて囁き、俺の手の上に自分の手を重ねた。

さらに強い愛撫を促すような行動に、思わず指にも力が入ってしまう。

指先が柔肉に食い込み、グニグニと爆乳の形が歪む。

指が包まれてしまうような感覚は、天上の快感だった。

「んむっ、ちゅるるるっ！　はぁ、ふぅ……私もちゃんと気持ちよくできているでしょうか？」

カルミラも目をうっとりさせながら舌を出す。

俺もそれに合わせて舌を出すと、嬉しそうに絡めてきた。

室内にいやらしい水音が響き、その卑猥さにまた興奮が高まる。

カルミラも、キスだけでだいぶ気持ちよくなっているようだ。

彼女はそのままたっぷりのキスを楽しむと、今度は下に移動して俺の胸元を舐め始めた。

「んっ、ちゅうっ！　こんなご奉仕はいかがですか？」

「うぐっ！　ど、どこでこんなご奉仕がいいか調べたりするんですよ？」

「ちゅる、れろぉっ……私だって、少しは自分でどんなご奉仕がいいか調べたりするんですよ？」

「な、なるほど……」

「女王陛下から、性教育に役立つ資料が置いてある場所も教えていただいていますし」

確かに、そんなものを普通に城の書庫へ置いておくわけにはいかないから、どこか秘密の場所に隠してあるんだろう。

彼女は小さく笑みを浮かべると、また夢中で奉仕し始める。三人のお姫様たちに囲まれた、王侯貴族でも味わえないハーレムプレイに、頭の中が興奮で蕩けそうだ。

「ええ、おふたりも凄く上手です。俺も、もう我慢が……ぐっ！」

セラフィーヌの爆乳に、カルミラの愛撫、それにディアナの騎乗位セックス。

三重の快楽に襲われて体が限界だった。

気持ちよさで、今にも意識が飛んでいってしまいそうになる。

「あはっ、中でビクビク震えてきたわ！　いいわよ、そのままイっちゃいなさいっ！」

初めに感じたのはディアナのようで、自らも快感で息を荒げながら、腰振りのスピードを上げる。

最初は肉棒に触れるのも躊躇っていたのに、凄い進歩だ。

ただ、彼女もそろそろ限界なようで、膣内の震えが大きくなっていた。

「ジュリアンくんもイっちゃうの？　だったら、わたしもいっしょにイかせてっ！」

「わ、わたしもいっしょに……気持ちよくなりますっ……んっ、んんんぅっ！」

セラフィーヌはもちろん、カルミラも俺が見えないところで自分を慰めていたようだ。

胸を俺の体へ擦りつけながら、片手を股間に向かわせている。

そんな三人の痴態を目にして、俺はとうとう限界を迎えた。

「イ、イキますよっ！　ぐっ、うぁぁっ！」

ビクッと大きく体が震え、続けて肉棒から精液が吹き上がった。

次の瞬間、王女たちも快感に悶えながら絶頂する。

「ひあっ、んんんんっっ！　おっぱいでイっちゃうのっ……はひぃぃいいぃぃいっ!!」

「ジュリアンッ！　イキますっ、いっしょにっ……ひゃっ、あああぁぁぁあぁぁっ!!」

「ううっ、きてるっ!?　中に熱いのがっ……イクッ、イクッ、ひぐううぅぅぅっ!!」

ゾクゾクと背筋を震わせながら、絶頂の快楽に浸る三人のお姫様。

その淫靡な光景を目にしながら、俺の脳裏には、ここへ至るまでの日々が浮かび上がっていった。

第一章　王女たちの執事

その日は、俺にとって人生で初めての晴れ舞台だった。

大陸西部に位置するルーンヴァリス王国の王城へと入り、女王陛下に謁見するのだ。

ルーンヴァリス王国はそれほど国土は大きくないものの、周辺国家の中では最も栄えている。

代々の女王がとても有能で、国を良く治めているからだ。

各国を渡り歩く旅商人である俺の父親は、そんな女王陛下と何か縁があったようだ。

そのお陰で今回、女王陛下と謁見する機会を得た。

「凄いな、これが一国の主が住むお城か……」

初めて訪れた王城の内装に、思わず目を剥いてしまった。

床は隅々まで磨かれ、廊下には所々に芸術品が設置されていて、王国の繁栄ぶりを表していた。窓には曇りのないガラスがずらりと並べられ、照明も設置されていて、きっと夜でも明るいだろう。

「ジュリアン、気持ちは分かるがあまりキョロキョロしていると田舎者のようだぞ」

「ごめん。色んな街を見てきたけど、王族の居城に入るのなんて初めてだからさ」

何度か貴族の邸宅にお邪魔したことはあったけれど、やはり一段雰囲気が違う。

「まあ今日は私が対応するから、お前は後ろで黙って見ていなさい。十分いい経験になるだろう」

「分かってる、失礼のないように気を付けるよ。俺らの首なんてちょっとしたことで飛びそうだし」

今回は父親の縁で謁見できるけれど、本来なら、この国の国民ですらない旅商人の俺たちの扱いは軽い。下手を打って不敬罪だとか言われたら、すぐ首をはねられてしまうだろう。

何とか抵抗してその場を切り抜けたとしても、王城の中から無事に脱出できるとは思えない。

さっきからあちこちに、剣を腰に履いた近衛騎士の姿が見えるし、さすがに警備が厳重だ。

ひとりふたりならまだしも、囲まれてしまったら父親とふたりがかりでも敵わない。

大人しくしているのが、いちばんということだった。

「そろそろ着くぞジュリアン。謁見の間だ」

一際立派で大きな扉が開くと、中は豪奢な造りの大部屋になっていた。

左右の壁からはルーンヴァリス王国の紋章付きの旗が何枚も垂れ下がり、天井には魔術で作られた照明が輝いている。

床にはカーペットが敷かれ、その先の一段高くなった場所に玉座が置かれていた。

部屋の出入口と玉座の左右には近衛騎士が待機し、こちらを警戒している。

俺は父親の後ろに控えて中央まで進むと、その場で跪き頭を下げた。

そのまま少しすると奥にある扉が開き、中に人が入ってくる。

その人物が玉座に腰かけたところで声がかけられる。凛として威厳のある女性の声だった。

「旅商人ジョンソンと、その息子ジュリアン。面を上げよ」

言葉の一つ一つに覇気が籠っていて、自然と体が従うように動いてしまう。

顔を上げると、玉座に腰かけている女性と目が合った。

長い金髪を後頭部で結い上げていて、少しキツめの印象を受けるがとても美しい容貌をしている。ドレスに包まれた体のプロポーションも抜群で、肌も瑞々しい。

父親の話によれば四十路をとうに超えているはずだが、三十代前半くらいにしか見えない。

彼女こそが、このルーンヴァリス王国の元首。マチルダ女王だった。

目が合ったのは一瞬だけで、その視線はすぐに、俺の前にいる父親に向けられる。

「久しいなジョンソンよ。こうして顔を合わせるのは二十年ぶりか？」

「はい。再び拝謁の栄誉にあずかり、恐悦至極に存じます」

「そう畏（かしこ）まるでない。あのときお主の伝えた情報がなければ、今頃王国の北部は帝国の侵略で失われていただろう。それを知る極一部の者たちは今でも感謝しているぞ、私も含めてな」

「ははぁ！　もったいないお言葉にございます！」

女王陛下はしばらく父親と会話していたが、それが一段落すると次にこちらへ視線を向けた。

「その方、確かジョンソンの息子だったな？」

「はい、ジュリアンと申します。まだ未熟者ですが、父のもとで商いの修業をしています」

突然声をかけられて驚いたものの、なんとか噛まずに返事が出来てホッとする。

「若いのになかなか肝が据わっているではないか。気に入ったぞ」

「ありがとうございます。女王陛下に声をかけていただいただけでも、光栄の極みでございます」

平静を装って答えつつも、内心では肝が冷えていた。

何か下手な発言をすれば、部屋の隅で控えている近衛騎士の剣が飛んでくるかもしれないからだ。

いや、あるいは魔術だって……。

魔術の才能は個人で持つ魔力量によるので、騎士が実は強力な魔術師であるということもあり得るのだ。魔術もピンからキリまで様々なものがあるけれど、戦闘用の魔術となると、風の刃を飛ばしたり火球を投射したりと強力なものがある。

俺も修羅場を潜り抜けるために多少の心得はあるけれど、本職で精鋭の近衛騎士には敵わないだろう。ちなみに、魔術の込められた道具は魔道具として、庶民にも親しまれている。

魔導具は非常に高価だけれど、国が栄えているルーンヴァリス王国ではそれなりに普及していた。

うちの商売でも魔道具を扱うことがあるから、そういった意味でも、魔術に関しては人並み以上に知識があると自負している。

そんなことを考えていると、女王陛下が何やら思案しているのに気づいた。

いったいなにを考えているのだろうと思っていると、こちらに向けられた目が細められる。

「ふたりとも、私から一つ提案があるのだが、聞いてみないか？」

「提案、ですか？」

俺は思わず父親と顔を合わせて困惑してしまう。

多くの相手と商談経験がある父親もこんな展開は初めてなのか、動揺しているのが分かった。

そんな俺たちをよそに、女王陛下は薄く笑みを浮かべる。

「うむ、実は最近若い男の人材を探していてな。なるべく国内にしがらみがなく、信用できる相手が良い。その点、ジョンソンの息子ならば最適だと思ったのだ」

その言葉を聞いて俺は少し納得した。

内密に事を進めたいが、身内には頼めないという案件は少なくない。

だが一国を治める立場ともなれば、外様の人間を用いるのにも反対があるのだろう。

その点、女王陛下はもちろん、何人かの大臣や貴族たちにも顔が通っている旅商人ジョンソンの息子である俺は、実に都合がいい。

「……それで、息子に一体どのようなことをさせるおつもりでしょうか？」

父親はそう問いかけるが、断る選択肢は、はなからない。

ここで断ってしまえば最悪、ルーンヴァリス王国を敵に回してしまうからだ。

俺もそれは承知していた。だから、次の女王陛下の言葉に神経を集中する。

「なに、そう難しいことではない。この王城で執事として働いてほしいのだ。しばらくの間は見習いとして、ある程度ものになったら、また使命を与えようと思う」

「俺が執事ですか!?　あの、あまり自信がないのですが……」

彼女の言葉を聞いたとき、思わず目を丸くして驚いてしまった。

数多の国を渡り歩く根なし草の旅商人が、女王陛下の居城で執事を？

悪い冗談だと思ったけれど、マチルダ女王は笑みを浮かべている。どうやら本気らしい。

今度は父親のほうへ視線を向けたけれど、こちらは首を横に振った。

どうやら「諦めて受け入れろ」ということらしい。俺は数秒だけ頭の中で様々な考えを巡らせると、この提案を受けるしかないと結論づけて頭を下げた。

「身命を賭して、勤めさせていただきます」

こうして、旅商人の息子ジュリアンは執事見習いへと転職することになったのだ。

＊　＊

執事見習いになってからというもの、俺の毎日は目の回るような忙しさだった。

俺は執事長の下につき、彼に執事として必要な教養や技術を叩きこまれる。

執事の主な仕事は、主人の生活のサポートだ。

執事長は女王陛下の専属執事でもあるので、彼に付き従って女王陛下のスケジュールを管理する。

朝起きる時間から就寝まで、マチルダ女王のスケジュールは分刻みだ。

昼間は主に執務室で書類へサインを行い、定例会議にも出席する。

時には地方へ視察に赴いたり、城でパーティーを開くこともあるので、その段取りも執事が中心となって行った。

各方面の担当者と連絡を取って予定を決め、マチルダ女王が滞りなく公務を行えるようにする。

時には書類の処理を手伝ったり伝言やお使いを頼まれたりもした。それが執事にとっての仕事だ。

正直、旅商人をしていたときの暮らしとは正反対で困惑したけれど、なんとかやっている。

ただ一つ、どうしても気になることがあった。

普通、マチルダ女王の身の回りの世話は侍女たちが担当するのだが、ときどき俺も手伝わされるのだ。もちろん重要な部分はノータッチだけれど、おかげで執事見習いと同時に侍女見習いにもなっている。どうしてこんなことをさせられるのか、そのときは分からなかった。

しかしそこから年月が経ち、晴れて見習いを卒業して一人前の執事として認められたところで、その理由が判明する。

その日、俺は女王陛下に執務室へ呼び出されていた。

「今日は面談の予定なんか、入っていなかったはずなんだけどな」

いぶかしみながらも部屋へと入ると、女王陛下は執務机について俺を待っていた。

「ジュリアンです。陛下がお呼びとのことで参りました」

「ご苦労。これから大事な話をするから、しっかり聞いてほしい」

俺が姿勢を正すのを見て、彼女は話し始めた。

「今日までの執事見習い訓練、ご苦労だった。執事長からも、これなら十分に王族の世話も出来ると太鼓判を押されている」

「ありがとうございます」

なんといっても、女王陛下直々にスカウトされて執事になるのだから、失敗する訳にはいかない。落第点をつけられてしまえば、父親や女王陛下にも迷惑が掛かる。

幸い、旅商人として生活してきた中で臨機応変さは身に着けていたので、なんとか乗り切れた形だ。執事長も、女王陛下の推薦だということもあって、自国民でもない俺に丁寧に指導してくれた。

「これもすべて、お引き立ていただいた女王陛下のおかげです」

「そう謙遜するな。執事長からは、たいそう優秀だったと聞いている。そして、そんな優秀なお前だからこそ、これからは重大な使命を与える」

「使命、ですか」

この女王陛下が重大だというほどだから、よほどのことだろう。

頭の中で咄嗟に身構えてしまった俺に対して、話が続けられる。

「使命というのは、私の娘たち……三人の王女の専属執事になり、彼女たちに性教育を施すことだ」

「……性教育？」

マチルダ女王の口から発せられた言葉が信じられず、呆けたように立ち尽くしてしまった。

数秒後には復活したものの、まだ話の内容を信じられずにいる。

困惑している俺に対して、女王陛下は言葉を続けた。

「いきなりのことで驚くのは理解できるが、私は真剣だ。何せ、王女たちへの性教育はルーンヴァリス王国を存続させていく上で不可欠だからな。我が王家がどうやって血を次代につなげていくか、お前もよく知っているだろう？」

そう言われて俺は気づき、ハッとした。

ルーンヴァリス王国は代々女王が治めているが、その父親の正体は常に不明だ。

ルーンヴァリスの女王や王女は、誰にも悟られずに父親候補となる男を探して子種を得る。

婚姻によって外部から、王家や国政に干渉されるのを防ぐための措置だった。

だから、自力で男を手籠めにするには、相応の性知識とセックステクニックが必要だ。

ベッドの上で男に主導権を握られ、一方的に好き勝手にされてしまうようではいけないというのが、ルーンヴァリス王家の女性たちの考えだった。

時には艶めかしく誘惑し、時には意表をついてベッドへ押し倒し、狙った男の子種をいただいていく。そして男たちは、次代の姫の父親に選ばれたことを光栄に思いつつ、その事実を墓場まで持っていくのだ。

それを実行するためには、女王陛下の娘である三人の王女たちに、性教育を施す必要がある。

三人とも年頃だから、一般的な知識はすでに身に着けているだろう。

けれど、ルーンヴァリスの王女たちに必要なのはもっと実践的なものだ。

それを習得するには、実地で訓練するのが最も効率がいい。

今になってやっと、女王陛下が俺に、侍女見習いまでさせていたことを納得した。

王女たちの傍に置くにあたって、女性王族への最低限の知識は必要だと思ったのだろう。

「……つまり、俺に姫様たちとセックスしろと？」

畏れながら申し上げると、女王陛下はニコリと笑った。

「平民の女子ならばまだしも、ルーンヴァリスの王女に性的な慎ましさは無用だ。狙った男を必ず落せるよう教育してほしい。出来るな？」

娘たちの純潔に露（つゆ）ほどの価値も見出さない姿はある意味女王陛下らしい。これでもプライベートな時間では素敵な母親ぶりを見せているのだから、切り替えの出来る人間というのは凄いな。

「仰せのとおりに、やらせていただきます」

元から拒否する選択肢などなかったので、出来るだけ堂々と了承する。

その反応に満足したのか、女王陛下はゆっくりと頷いていた。

「ちなみに、私から三人には性教育のことを伝えていない。勘のいいセラフィーヌあたりは察しているかもしれないが、基本的にはジュリアンから説明するのだ」

「俺からですか……失礼ですが、その場で無礼打ちされないか少し不安ですね。特にディアナ様は」

俺は頭の中で、王女たちの中でも最も苛烈な性格をしている末姫のことを思い浮かべた。

彼女は剣術や魔術も身につけていて、機嫌を損ねれば最悪、その場で首が飛びかねない。

「ジュリアンだって、武術や魔術の腕も騎士に負けず劣らずなのだろう？　訓練を担当した近衛騎士が、これなら騎士団でも通用すると驚いた顔で言っていたぞ」

「旅商人というのは、色々な修羅場を潜り抜けなければならないものでして、護身用程度のものです。姫様たちに向かって使うなど、とても……」

「まあ、抵抗されたときは私の名前を出すといい。それでも止まらないのであれば、制圧してしまえ。骨の一本や二本くらいならば、折ってしまっても構わん」

「は、はい。かしこまりました」

女王陛下の冷徹さに少し怖くなりつつも頷く。こうして俺は、表向きは王女たちの執事を務めつつ、裏でこっそりと性教育をすることになったのだ。

＊　＊

翌日、俺はお姫様たちが揃ってお茶をしているところへ、挨拶しに行くことになった。

彼女たちの専属執事になったことの挨拶だ。

三人にはすでに、表向きの理由である俺の専属執事就任は伝えられているという。

なので、主な目的は改めての顔合わせだ。

今後の円滑なコミュニケーションができるようは、好印象を持ってもらうに限る。

「さて、どうなることやら……まあ、何とかやってみるしかないか」

重大な使命を課せられていることに緊張してしまうけど、ここまできて仕事を放りだして逃げるわけにはいかない。幸いにも三人のうち、第一王女と第二王女のふたりは比較的温厚な性格だし、特に第二王女のカルミラの真面目さはよく知っている。

執事見習いをしている最中にも、三姉妹へも一通りの目通りをしたことはある。だから、カルミラが俺の顔を覚えていてくれることを祈ろう。もし感情が高ぶりやすい第三王女のディアナを怒らせてしまったときでも、カルミラなら穏便に治めてくれるかもしれない。

第一王王女のセラフィーヌはいちばん温厚な性格だけれど、基本的に自分では動きたがらないから、トラブルへのあてにはしないほうが良いだろう。

いよいよ王女たちが集まっている部屋に到着すると、ノックして中に入る。

三人に、驚く様子はとくになかった。侍女たちの淹れたお茶やお菓子を楽しんでいる。

さすが姫様たちのお茶会ということで材料も良いものを使っているらしく、こっちまでいい匂いが漂っていた。そんななかで、俺は静かにテーブルのほうへ近づくと挨拶する。

「失礼いたします。この度、女王陛下から王女様方の専属執事を仰せつかりましたジュリアンと申します。精いっぱい務めさせていただきますので、よろしくお願いいたします」

ハッキリと伝えて、頭を深く下げて礼をすると反応を待つ。

すると、三人の視線がこちらへ向けられたのが分かった。

最初に口を開いたのは、やはりというか第一王女のセラフィーヌだ。

「ジュリアンくんね、お母様からは話を聞いているわ。でも、どうして今さら新しい執事なんか寄こしたのかしら。身の回りのことは侍女たちで足りているのに……ねえ、あなたは何か知ってる？」

クセのある銀髪を揺らしながら、目を細めて俺に問いかけてくる。

二十歳を超えて女性らしい美しさが完成した彼女に微笑みかけられると、それだけで魅了されてしまいそうだった。話し方はもちろん表情や仕草ものんびりしていて、ついタメ口で返してしまいそうな緩い雰囲気もある。けれど、その雰囲気につられてしまっては執事失格だ。

第一王女のセラフィーヌは人を見る目があると有名だった。それはつまり、いつでも人を試しているということでもある。

彼女の態度に甘えて油断してしまえば、その程度の人間だったと思われてしまうだろう。

「いえ、詳しいことは何も。ただ、執事としての能力は執事長に保証していただきましたので、ご満足いただけるかと思います」

室内には侍女もいるので、性教育のことはもちろん口に出来ない。

するとセラフィーヌは納得したように一度頷くと、手元のカップを口に運んだ。

それが彼女の番の終了の合図だったようで、今度は第二王女のカルミラが口を開く。

「まさか、貴方が執事になるとは思ってもみませんでした。ジュリアン」

「カルミラ様に覚えていただいているとは、光栄です」

「これまでにも何度か、仕事を手伝ってもらいましたから。とても優秀だったので、ぜひ普段からお手伝いをお願いしたいと思っていたんです」

ニコリと笑って、そんな実務的なことを言うカルミラ。

姉妹の中でも特に仕事熱心な彼女は、まだ二十歳前だというのにすでにワーカホリック気味だ。

というのも、王城に努めるどの役人より仕事が早く、優秀だからだった。その道の専門家である大臣であっても一ヶ月は会議を重ねて悩むような問題を、たった一週間で的確に解決してしまう。

これほどの仕事が出来るのは、カルミラの他には女王陛下しかいない。

セラフィーヌやディアナも相応に頭がいいけれど、実務能力という意味では彼女に敵わなかった。

「カルミラ様のお仕事を、お手伝いですか。俺に務まればよいのですが」

「私といっしょに仕事をすると、たいていの執務官は途中で疲れ果ててしまうんです。最後まで付き合ってくれたのはジュリアンが初めてでしたよ？」

「は、はは……そうでしたか」

確かに彼女の仕事は忙しいというか、正直に言うと苛烈だ。

ペンを握っている手は一瞬も止まらず、目の前の書類を片付けながら別の案件のことも考えている。まるで仕事を処理するためだけの、機械人形のようだ。

その雰囲気にあてられて、執務官たちも普段以上に頑張ってしまったんだろう。

カルミラの仕事を手伝うには、事務のスキルはもちろん体力と精神力の高さも求められるんだ。

どうやら本人は、それを分かっていないようだけれど。

「お三方の執事ですので、いつもカルミラ様のお側にという訳にはまいりませんが、可能な限りお手伝いさせていただきます」

「そうですか、それでも助かります！　よろしくお願いしますね」

彼女はそう言うと妹のほうへ向き、ディアナの番になる。

第三王女のディアナは、こちらへ視線を向けると、値踏みするように上から下まで観察した。

そして、ゆっくりと口を開く。

「何度か顔を見たことがあると思っていたけれど、まさかわたしくたちの執事になるなんてね」

「はい。お二方と同じようにディアナ様の執事も務めさせていただきます。ジュリアンと申します」

名乗るのと同時に、深く頭を下げる。

「ふぅん、あなたが新人の執事ね。まあ、お母様の推薦だから使ってあげるわ。でも、調子に乗らないことね」

「はい！　承知しております。女王陛下と王女様方の恥とならないよう、精いっぱい務めます」

「ふん……まあ、素直なのはいいけれど。素直すぎるのも気に入らないわね」

理不尽だ、と思ったけれど口には出さない。

この王女様は三姉妹の中でも特に気難しいことで知られているから、下手に刺激してはいけないんだ。すると、彼女は何か良いことを思いついたように笑みを浮かべた。

「ジュリアンって言ったかしら？　なんだか生意気そうな名前ね。今日からあなたのことはジュリーって呼ぶわ。うふふ、ひ弱そうでピッタリじゃない！」

「ジュ、ジュリーですか……」

「なにか文句でも？」

「いえ、ございません。ジュリーと呼ばれたら、すぐ反応できるようにします」

確かに男らしくはないかもしれないけれど、所詮は使用人である俺に反論など出来ない。

それに、この程度のことでディアナの機嫌を取れるなら安いものだ。

なぜならば、俺が執事をする上で最も注意しなければいけないのが彼女だったから。

意外に思う人間は多いが、このディアナ王女は三姉妹の中でも最も強い権勢を誇っている。

まず、いい意味でも悪い意味でも上流階級の人間らしい性格だということ。

派手好きであり、一ヶ月に一回行われるパーティーはもちろん、数日置きに開いているお茶会にも毎回違う高価なアクセサリーを身に着けて出席している。

パーティーには常に高級食材の料理が並び、王都で人気の興行師が何人も呼ばれる。

出席した貴族や商人たちはこぞって彼女の美しさや権威を褒め、令嬢たちは彼女と同じアクセサリーを欲しがった。

それだけの贅沢となると、月々に与えられる資金だけでは賄えないが、そこはパーティーを開いて作った貴族や商人とのコネがものをいう。

時には直接彼らの商売に出資し、時には王女という地位を利用して事業にお墨付きを与え、時には新しい商品を自ら使うことで宣伝する。

それらからの利益を、貴族や商人たちが贈答品という形でディアナに献上しているのだ。

ディアナは自らを中心として富の循環を作り出し、王国全体に自分の影響力を高めていった。

もちろん自分が儲けるばかりでなく、献上品の何割かを孤児院や貧民救済に出資している。

王国が発展しているとはいえ、すべての国民が幸せに暮らせている訳ではない。

だからきっと、救われた人々はディアナに感謝しているだろう。

これらの結果、影響のある貴族や商人たちは、次期女王としてディアナを推している。

彼女自身も次期女王となることに積極的で、未だに王位継承についてはっきりした立場を出していない姉たちと比べると、数歩先にいると言っていい。

多くの人々から称賛や期待を受け、それらを率いるカリスマもあるのが最大の特徴だった。

そんな彼女だが、もちろん欠点もある。

行動力が高い反動か気が短く、気に入らないことがあるとすぐ怒り出してしまう点だ。

何か考えるときも即断即決で、深く考えることがない。

例を挙げれば、第二王女のカルミラが解決に一週間かけた問題であっても、ディアナなら一時間で対策を決めてしまうだろう。

それでたいていは良い方向へ向かうが、問題の情報を精査せずに決めるために細かな部分でミスが多い。時にはミスが重なって問題がより深刻化してしまうこともあり、色々な意味で荒いお方だと言える。

もし戦時や災害時などで、緊急の決断を求められるときにはその行動力が必要とされるかもしれないが、平時では国を混乱させてしまうかもしれない。そのせいか、大臣や貴族の間ではディアナを次期女王とすることに明確に反対している派閥もあるようだ。

そして、彼女個人の性質としてもう一つ上げるべきは……。

「ジュリー。いちおう言っておくけれど、執事として身分をわきまえた行動をしなさい？　もし姉様たちに変なことをしようとしたら、わたくしが直々に首を刎ねるわ！」

「ははぁ！　肝に銘じます」

ディアナは姉ふたりへの愛情が深く、シスコンとも言えるレベルなことだ。女王になるという意思にも、姉たちに余計な責務を負わせたくないという気持ちが何割か含まれているだろう。

つまり、もし俺が性教育のために送り込まれたということがバレれば、女王から与えられた使命だと説明しても、その場で手打ちにされてしまう可能性が高い。

その上で、ディアナ本人も性教育の対象なのだから難易度の高さは天井知らずだ。

俺は改めて、この仕事の難しさを痛感していた。

「それで、ジュリアンくんはわたしたち三人の執事だというけど、具体的にはどうするのかしら？」

ディアナとの会話が一段落したからか、再びセラフィーヌが声をかけてきた。

俺は姿勢を正すと、彼女のほうを向いて答えた。

「お三方のご予定は俺の元で一括管理させていただきますが、基本的には今までどおり、公務以外の時間はご自身で予定を決めていただいて構いません。それらのスケジュールを見て、少し調整を入れさせていただくことはあるかもしれませんが」

執事として色々とやること自体はあるが、俺が女王に任されたのは主にスケジュール管理だった。

スケジュールを把握していれば、その合間に性教育をすることもできるので、実に合理的だ。

今までは王女たちに無暗に男を近づけることが出来ないため、執事ではなく、それぞれの侍女長がが管理を行っていた。しかし彼女たちの仕事は、本来は身の回りの世話なので、慣れないことに苦労していたそうだ。引継ぎのときにも、ようやく元の仕事に専念できると喜んでいた。

「すでに本日から、スケジュール管理をさせていただいております。これからのお三方のご予定も、俺のほうで再調整いたしました」

「へえ、仕事が早いのね。驚いたわ」

そう言いつつも驚いた様子はなく、普段どおりのにこやかな表情のセラフィーヌ。

「では、これからのわたしの予定は、どうだったかしら？」

「セラフィーヌ様はお茶会の後に、隣国との合同訓練を終えた騎士たちへの慰問が入っております」

「ええ、そうね。目をかけていた騎士が何人かいるから、訓練を終えてどう成長しているか楽しみだわ♪」

セラフィーヌは自分の才能を自覚していて、優秀な人材を見つけるのを半ば趣味としている部分がある。本人はそこに私情を挟んでいる様子はないが、見出されたほうは恩を感じているようだ。

規模は小さいながらも、彼女が命令すれば喜んで手足となって動く集団が出来上がっている。

とはいえ、セラフィーヌ本人に女王となる気はそれほどなさそうなので、ディアナを推している集団とぶつかるようなことはないだろう。

むしろそんなにことになってしまえば、俺に手に負えないので女王陛下にお願いするしかない。

「慰問の会場は王城の東棟にある広間です。よろしくお願いいたします」

「それも聞いていたとおりね。変更はないのかしら?」

「とくに問題のない予定でしたので、混乱の無いようそのままにと思いまして」

「ふふ、そうね。初仕事でも焦らないのは良いことだと思うわ。その判断は正解よ」

「ありがとうございます」

彼女の言葉にホッとしたのもつかの間、今度はカルミラが声をかけてくる。

「私の予定の確認もしていいでしょうか?」

「はい。カルミラ様はこのあと執務室へと戻り、書類確認の続きをなされますね? 執務の終了は、午後五時あたりを予定しています」

「それについてなのですが、少し時間が伸びるかもしれません。先ほど侍女経由で、財務大臣から王族のサインが必要な書類が出来てしまったと連絡がありましたので」

「大臣閣下から? 確かに重要ですね。いちおう、照明器具の魔力のチェックを行っておきます」

王城の照明器具は、王族の居住区にあるものはすべて魔術で作られた魔道具だった。

燭台などが転倒して火事になってしまうリスクを恐れたためだ。しかし、魔道具の照明はランプなどより白く明るい光をもたらしてくれるが、魔術師が燃料の魔力を補給しないといけない

カルミラや彼女付きの侍女の中に魔術師はいないので、俺が行うのがいちばん早いだろう。

魔道具の整備や補給を担当する魔術師は、もう今日の分の魔力の補給を終えてしまっている。

薄暗い室内で王女に執務をさせるわけにはいかない。

「ああ、そういえばジュリアンは魔術も使えるのでしたね。頼りがいがあります」

そう言ってニコリと笑みを浮かべるカルミラを見ると、思わず照れてしまいそうになる。

「いえ、それほどでは。本職の魔術師と比べれば半人前です」

普段がかなり真面目なだけに、時折見せる笑顔のギャップは素敵だった。

「ふん、魔術ならわたくしも使えるわ！」

俺とカルミラが会話しているのを見て、どこが気に入らなかったのかディアナが鼻を鳴らす。

彼女にとっては、たとえ執事だろうが、姉たちと親し気に話す男は敵なのかもしれない。

「は、はい！　ディアナ様の魔術の才能についてはよくお聞きしています。それに比べれば自分の魔術など児戯のようなものです」

「カルミラ姉様に少し褒められたくらいで、いい気にならないことね。それより、わたくしの予定はどうなっているかしら？」

そう問いかけられ、俺は少し緊張しながら答える。

「ディアナ様は、お茶会の後にゼルーカ侯爵閣下との面会が入っておりました。もう一件、ミラ商

会王都支店長とも面会の予定です」

「入っておりました？　それはどういうことなの？」

「朝の時点で、王都に向かっているゼルーカ侯爵閣下の馬車が遅れていると情報が入りまして。どうやら先日の雨でぬかるんでいた地面に車輪がハマってしまったようです。遅れを取り戻せればよかったのですが、先ほど侯爵閣下お抱えの魔術師から、予定の時間に遅れてしまいそうだという連絡が届きました」

報告すると、分かりやすくディアナの表情が険しくなる。

「何ですって!?　では、わたくしは侯爵が到着するまで待ちぼうけということ？」

「いえ、遅れる可能性は把握しておりましたので、先にミラ商会王都支店長のほうを王城へ呼び出しております。ディアナ様さえよろしければ、順番を前後させていただきたいと考えております」

彼女がイライラし始めているところへ、代案を提示する。

すると、ディアナの表情の動きがピタリと止まった。

彼女はそのまま背もたれへよりかかると、大きく息を吐く。

「ふぅ……ならそれでいいわ。進めなさい」

「ありがとうございます」

ディアナの怒気が治まったのを見て、俺は内心でホッと息を吐いた。

「一つ聞いておくけれど、朝には遅れが生じていたなら、何故その時点で入れ替えなかったの？」

「侯爵閣下ご自身も、ディアナ様をお待たせしてはいけないと急いでいたようでございます。どちらでも対応できるようにした上で、最終的な判断をディアナ様にお聞きいたしました」

急に新しく訪問客の予定が入ったならまだしも、順番が前後するくらいなら、王城の優秀な使用人たちはすぐ対応して見せる。俺たち使用人がまず優先すべきなのは、主人である王女たちにいかに負担をかけず、有意義に生活してもらうかだ。

「ふぅん。いちおう、最低限の仕事はできるみたいね。これなら数日でクビにせずに済みそうだわ」

「お褒めにあずかり、光栄です」

もう一度彼女に一礼すると、最後に姉妹を代表してかカルミラが締める。

「では、これでジュリアンとの顔合わせは終わりということで。お疲れ様でした。そして、これからよろしくお願いしますね」

「こちらこそ、よろしくお願いいたします！」

こうして、俺の王女たちの専属執事としての生活が始まるのだった。


翌日から、俺は複数の王族の執事という激務の洗礼を受けていた。

朝は日が昇る前から動き出し、朝食をとる暇もないまま昼まで三王女のスケジュールを進行させていく。燃料補給をするようにわずかな時間で食事をかき込んで、また午後からも三人の間を行ったり来たり。ようやく仕事から解放されるのはすっかり日が暮れて、明日の準備が終わった後だ。

疲れた体と頭を休めるために、出来るだけ早く寝床に潜り込むのが常だった。

そんな状態が日常となって、半月ほどが経った。

幸運にも大きな問題はなく、王女たちの執事を務められている。

ただ、女王陛下に託された使命である性教育については、まだ取り掛かれていない。単純に時間が取れないからだ。

今日も予定がぎっしりと詰まっていて、姫様たちに性教育を持ち掛けるような暇はない。

たとえば朝は、王女の身の回りの世話は基本的に侍女たちがやってくれる。

彼女たちが身支度を整えてからが俺の仕事だ。

「セラフィーヌ様とディアナ様は女王陛下との朝食に出席。カルミラ様は朝から緊急の会議が入ってしまったか、あとで執務室に食事を届けないと」

確認するようにつぶやきながら、愛用しているメモ帳に書かれているスケジュールも修正していく。いつも先に身支度が済むだろうディアナから食堂に案内して、続けてセラフィーヌだ。

ふたりの案内が終わると、会議室のカルミラの下に向かう。

なんとか会議が始まる前に到着できた。

「失礼します。皆様、朝早くからお疲れ様です。お飲み物を用意いたしましたので、よければ召し上がってください」

カルミラには俺が、他の会議の出席者にはメイドたちが温かい紅茶を淹れる。

「ありがとうございます。温まるものは嬉しいですね」

カルミラは湯気が立ち上る淹れたての紅茶を見て、嬉しそうな表情になった。

「申し訳ございません。急な予定でしたので、会議前に朝食をご用意できませんでした。ひとまずはこれで体を温めていただければと思います」

「いえ、ちょうどいいです。起きたばかりではあまり食欲が湧かないので。それに、お腹が膨れると眠くなってしまいますし」

「分かりました。次回からはその点も考慮します。用意できました昼食のほうは、会議が終わったあとに執務室へお届けいたします」

「ええ、それでお願いします」

一礼して立ち去ると、今度は食堂だ。そろそろ母娘三人の食事が終わっているころだった。

「セラフィーヌ様は書斎で過ごすそうだから、まずはディアナ様のほうか。今日の午前は美術商が来るんだったな」

派手好きの彼女は、数日に一度はこうして商人を呼び寄せて買い物をする。

王族クラスともなると、わざわざ買いに行くのではなく店のほうからやってくるのだ。

城内のギャラリーを確認しに行くと、すでに見覚えのある美術商がいくつもの絵画や陶器、魔道具といった美術品をディスプレイしていた。

俺が入ってきたことに気づいたのか、美術商が笑みを浮かべて近づいてくる。

「これはこれは、確かジュリアン殿でしたな。この度は王女殿下たちの専属執事となったようで」

「俺が姫様たちの執事となったのはここ数日のことなのに、随分と耳が良いのですね」

「商人は情報が命ですから。王家御用達の称号をいただく商人ならば、なおさらです」

「なるほど。ディアナ様ですが、十五分後にはこちらへ到着する予定です」

「こちらの準備は万全ですので、ご心配なく」

「そのようですね。では、ディアナ様をお連れします」

俺はギャラリーを後にすると食堂へ向かう。

ちょうど食事が終わり、女王陛下が退出した後のようだった。

中に入ると、セラフィーヌとディアナが長い机に向かい合って座っている。

「ディアナ様、お迎えにあがりました。美術商の用意が出来たようです」

「そう、分かったわ。ではセラ姉様、失礼いたします」

「ええ。また後でね、ディアナ」

立ち上がった彼女が優雅に一礼すると、セラフィーヌは軽く手を振ってこたえる。

ディアナはなかなか気難しいけれど、姉たちの前では比較的穏やかだ。

いつもこの調子なら助かるんだけれど、そうも言っていられないか。

「ではこちらへ。本日は絵画を中心に選りすぐられた美品を用意したそうです」

「そうね……部屋に半年くらい飾っているお気に入りの絵があるのだけれど、そろそろ取り替えようかしら」

ギャラリーまでの道すがら、彼女に美術商から預かっていた商品のリストを渡す。

購入するかは実際に目で見てから判断するのだろうけれど、ある程度の選別は始めているようだ。

「ディアナ様のお気に召すものがあればよろしいですね」

「そうね。それより、カルミラ姉様のところへはきちんと朝食を持っていったんでしょうね？」

視線はリストへ向けたまま、後ろに付き従う俺に鋭く言葉が突き刺さる。

キチンと仕事はしているつもりでも、この声音で問いかけられると少し緊張してしまう。

「カルミラ様でしたら、会議のあとに執務室へお食事をお持ちする予定です」

「会議のあとね……はぁ、カルミラ姉様にも困ったものだわ。もう少し自分の体を労(いた)わってほしいと言っているのに、今日も朝から会議なんて」

「本日は女王陛下が隣国の大使と会見を行いますので、緊急の案件はどうしてもカルミラ様が対応することに……」

「どうせ、わざわざ会議を開くほどのことでもないのでしょう？　わたくしのところへ持ってくれば、その場で解決してみせるわ！」

確かに、即断即決のディアナならばカルミラの数倍の速度で仕事を片付けられるだろう。

けれど、早い代わりにいくつかのミスが発生し、それが原因で新しい問題が生まれてしまうに違いない。

事実、ディアナにもいくらか事務仕事が割り振られているが、彼女が短時間で仕事を終えるのに比例して、家臣たちが時間をかけてその修正に追われている。

結果的には、早さと丁寧さを兼ね備えたカルミラの仕事がいちばんということだ。カルミラもそれを分かっていて、自分のところへ緊急の仕事を持ってくるように言っているのだろう。

ちなみに、セラフィーヌは殆ど家臣任せで自分は最後にさっと目を通してサインするだけだ。

さすがに第一王女だけあり、部下が特に優秀なためにミスはほぼないと言っていいが、セラフィーヌが気分で仕事をするための意思決定は遅い。

普段ならまだしも、何か緊急の案件が飛び込んできた場合には、誰も彼女に任せたくはないだろう。そんなことを考えつつ、俺はディアナをなだめるように返答する。

「そのとおりですね、ディアナ様以上に仕事の早いお方はおられないでしょう。しかし、今回の件は前々からカルミラ様が担当していたものですので……」

「そう……なら仕方ないわね」

さすがの彼女も他人の管轄に手を突っ込むようなことはしないようで、一安心だ。

そうこうしている内にギャラリーへ到着し、ディアナの買い物が始まる。

「ディアナ様、ご機嫌麗しゅうございます。この度も我が商会をご贔屓いただきまして誠に……」

「挨拶はいいから、早く商品を見せてちょうだい。わたくしの性格は知っているでしょう？」

「ははっ！　では、商品リストの先頭から。こちらでございます」

美術商も勝手知ったるもので、動揺することなくディアナの案内を始める。

ここまで来ると、もう俺のすることはない。

美術品に夢中なディアナに一礼すると、次の予定のためにギャラリーを後にした。

向かうのはセラフィーヌの書斎だった。

基本的にのんびりと過ごすのが好きな彼女だが、王族としていくらかの公務を行う義務はある。

ただ、放っておくと仕事をため込んでしまうために注意しておかなければいけない。

「セラフィーヌ様、失礼いたします。……あれ？」

書斎に入ったが、どうしてか彼女の姿はなかった。

普段ならば、誰かに注意されるまで悠々とお茶でも飲みながらのんびりしている彼女がだ。

おかしいと思って辺りにいる侍女に声をかけると、どうやら今日は書斎には来ておらず、自室に籠っているらしい。

「あの方の気分屋にも困ったものだな」

足早に彼女の部屋へ向かうと、侍女の言葉どおりゆったりと椅子に腰かけて書物を読んでいる姿があった。いつもそばに控えている侍女の姿はなく、室内は彼女ひとりきりだ。

「失礼いたします。セラフィーヌ様、ここにおられましたか」

「まあ、ジュリアンくんね」

彼女は俺の姿を見ると、本をテーブルに置いてニコリと優し気な笑みを浮かべる。

「本日は書斎で過ごされる予定だと伺っていましたので、探してしまいました」

「ふふ、ごめんなさいね。なんだか急に気が変わったのよ」

穏やかな声音でそう言われると、うやむやの内に許してしまいそうになる。

しかも、これが天然ではないのだから油断ならない。一見穏やかに見える王女だが、意外としたたかなところがあるのは近しい者ならよく知っている事実だった。

「本日はさほど問題になりませんが、出来れば事前にご相談いただけると幸いです」

「まあ、困った。そのときの気分次第なのだから、事前に相談なんてできそうにないのだけど……」

まず気分次第で予定を変更するのを止めてください、と突っ込むわけにもいかず、漏れ出しそうになったため息を飲みこむ。

「……ともかく、午後からのご公務はしていただきませんと。先日から書類の処理が溜まっていますので」

後はセラフィーヌのサインを待つだけ、という書類が百件近くあるのだ。

軽く目を通してサインするだけでも、午後いっぱいはかかるほどの量だった。

期限が近いものもあり、今日中に済ませてもらわなければならない。これぱかりは譲れないため苦労しようとも説得する覚悟だったが、返ってきた言葉は予想外のものだった。

「公務の書類なら、さきほど全部片づけてしまったわ」

「はっ？　ですが、セラフィーヌ様はこちらでくつろいでおられたのでは？」

仕事はもう終わっている、という言葉に目を丸くして驚いてしまう。

そんな俺を見て、彼女はおかしそうに笑い声を上げた。

「うふふっ、ジュリアンくんのそんな顔が見られるなんて。少し頑張った甲斐があったわ♪」

「本当にすべて終えられたので？」

「あら、さすがのわたしも公務の書類を放り出すほど愚かじゃないわ。嘘はついていないわよ」

「それは失礼いたしました。疑ってしまい、申し訳ございません」

まだ確認は出来ていないけれど、ここはセラフィーヌの言葉を信じるしかないだろう。

歴代の王女の中でも特にマイペースだという彼女だけれど、自分の仕事を放りだして平気な顔をしているほど不誠実ではない。長女ということもあって、王族の自覚は確かに持っている。

「では、午後はいかがなされますか？　新たな書類は来ていませんし、予定が空いてしまいました」

「そうねぇ……ジュリアンくん、少しわたしとお話ししない？」

「お話し、ですか……」

彼女が俺に興味を持ったということだろうか？

「もしかして、忙しいかしら」

「いえ、俺も予定が空いてしまいましたので、大丈夫です」

本来ならセラフィーヌの説得とさぼり監視に、それなりの時間を割り振っていた。

何より執事として、主であるセラフィーヌが望むのならば、否とはいえない。

「では新しいお茶と茶菓子を手配してまいります。今あるものは冷めてしまっているようですので」

「よいのよ、このままで。わたしとジュリアンくん、ふたりだけで軽くお話しするだけだもの」

侍女を呼びに行こうとしたところで止められ、向かいの椅子に座るよう促（うなが）される。

「……承知いたしました」

王族と同じ席に着くなど恐れ多いけれど、この際は仕方ない。言われたとおりにした。

「それで、お話しというのはどういったものをご所望でしょうか？　吟遊詩人のように美しく物語ることはできませんが」

「そんなに畏まらなくていいわ。わたしが聞きたいのは物語りではなく、ジュリアンくんのことだもの。わたしたち王女の執事となってから少し日にちが経つけれど、どんな感想を抱いたかしら？」

その問いに、俺は姿勢を正して答える。

「正直に申し上げますと、想像以上の忙しさで目が回りそうです。執事長の厳しいご指導がなければ、到底務めを果たせませんでした」

これは俺の嘘偽りない本心だった。

王族の執事というだけでも忙しいのに、三王女たちの専属執事に同時に就任するというとんでもない人事だ。覚悟はしていたけれど、実際に始めてみると、激務ぶりは想像以上だった。

かといって自分が投げ出してしまえば、マチルダ女王にも、商人である父親にも迷惑がかかる。

きちんと仕事がこなせるよう鍛えてくれた執事長には、今は感謝しかない。

「ただ、姫様方の生活にも少し慣れてまいりました。まだ執事としては若輩者ですが、これからも一生懸命務めさせていただきたいと思います」

最後にそう言って締めると、セラフィーヌはうんうんと頷いていた。

「確かに忙しそうだけれど、慣れてきたのなら良かったわ。カルミラやディアナも、あなたの仕事ぶりに感心していたし」

「えっ!?　あのおふたりが、ですか？」

「ええ、そうよ。カルミラはいつも仕事を手伝ってもらってとても助かっていると言ってたし、ディアナも意外と仕事が出来て驚いているとつぶやいていたわ」

「カルミラ様だけでなく、ディアナ様までが……」

その話を聞いて、俺は素直に嬉しく思っていた。

まだ半月ほどだけれど、この期間は文字どおり身を粉にして働いてきたと言っても過言ではない。

直接ではないにしろ、王女たちからそう言ってもらえるのは報われた気分だ。

特にディアナの場合は、彼女の気質もあってあまり気に入られていないかと思っていた。

率直に褒めるような言葉ではなくとも、仕事ぶりを認められるのは嬉しい。

「もちろん、わたしもジュリアンくんの仕事は評価しているわ。ときどきお仕事を急かされるのは嫌だけれど」

「そればかりはご勘弁ください。特に公務はきちんとこなしていただかなければ。たとえ嫌われることになりましても、お小言の一つ二つは言わせていただきます」

「本当に真面目で、しかも度胸もあるのね。お母様が推薦したというのも納得だわ。わたしもまだまだ、お母様の目のよさには敵わないかしら」

彼女はそう言うと口元を隠して笑う。

俺はその様子を見ながら、このまま本当にとりとめもない話だけで終わるのだろうかと思っていた。しかしその考えを見透かしたように、笑い終えたセラフィーヌが俺に視線を向けてくる。

「ねえ、もう一つ聞きたいことがあるのだけど、いいかしら？」

「はい、何なりと」

条件反射でそう答えると、彼女は目を細めた。

「ジュリアンくん。あなたが任されているのは、本当にわたしたち王女の執事役だけかしら？」

「ッ!?」

その言葉に完全に不意を打たれ、俺は固まってしまった。

「……それは、どういった意味でしょうか？」

すぐに心を落ち着けてそう言ったけれど、一瞬の動揺も彼女は見逃さなかったようだ。

「誤魔化さなくていいわ。それがお母様、女王陛下の命令であれば拒むつもりはないもの。もっとも、おおよその予想は出来ているけれどね？」

彼女は俺の目を見ながら、口元に笑みを浮かべる。

その表情を見て、俺はこれ以上誤魔化せないと思った。

こちらが油断していたこともあるけれど、セラフィーヌのいいように奇襲され、動揺する姿を晒した。今さら誤魔化すことはできず、息を吐いて気持ちを落ち着けると、女王陛下から与えられた使命のことを語りだす。

「女王陛下からは直々に、王女様方に、性教育を施すようにと命じられました。もちろん、他の使用人などには知られないように」

「まあ、そうなるわよね。この国のしきたりを考えれば、王女たちは男をやり込める性技を持っていなければいけないし。かといってお母様が直接指南する暇はないもの。情報が漏れやすい侍女を使う訳にもいかないわ。誰か信頼できる外部の人間を教育係に寄こすとは思っていたけれど……」

予想していたとはいっても、セラフィーヌも年頃の女性だ。

女王の推薦とはいえ、元は旅商人の息子が王女の性教育係とは、ショックを受けたのだろう。

俺はそんなふうに思っていたけれど、次の瞬間、小さく舌を出してペロリと自分の唇を舐めると、セラフィーヌは興奮したような笑みを浮かべた。

「まさか、ジュリアンくんが教育係だなんて。これは、エッチなことを実践しながら学んでいけって意味よね？　ふふ、楽しみだわ♪」

「セ、セラフィーヌ様？　あの、俺が教育係だということが、ご不快だったりはしないんですか？」

思わず問いかけると、彼女は首をかしげてしまう。

「まあ、わたしが？　逆に聞くけれど、どうしてどんなふうに思うと考えるの？」

「それはもちろん……。王族の方が、元は王国民ですらない自分などと……」

「ふふっ、ジュリアンくんは勘違いしているわ。ルーンヴァリスの王家の女たちの判断材料は、将来の王族の父親が自分だという秘密を守っていられるかよ。信頼できる相手なら、平民はもちろん旅人や末端の使用人とだって、気にせず交わって子種をいただくのよ。王家というのは、この国で最も淫らな女たちの家系なの」

彼女の話したことは、知識としては頭の中にあった。

けれど、この数年執事見習いとして王城で働くうちに、王家の方々がそんな淫売のようなことをするはずがないという思い込みが生まれていたのかもしれない。

そんな思い込みは崩れ、今度は俺がショックを受けてしまっていた。

そんな中、セラフィーヌは椅子から立ち上がり、ゆっくりと俺のほうへ近づいてくる。

椅子の後ろに回り込むと、前かがみになって背後からおぶさるように腕を俺の体に回した。

初めて彼女から触れられて驚いたけれど、まさか振り払う訳にもいかず動けなくなってしまう。

「ねえ、ジュリアンくん。その性教育というのはいつから始まるのかしら？」

「期限は特に決められておりません」

「じゃあ、今日から始めてもいいわけね。ねえ、どうかしら？」

その言葉と共に、俺の後頭部へなにか柔らかいものが押しつけられた。

この状況とセラフィーヌの体勢を考えれば、振り返らずとも分かる。彼女の胸だった。

三姉妹の中で特に豊かに成長していたそれが、惜しげもなく俺に押しつけられている。

「そ、それは……確かに、問題はないですが……」

「うふふ、何をためらっているの？　ジュリアンくんはわたしの性教育係なのに、もしかして恥ずかしがっているのかしら」

「いえ、そんなことはありません」

確かにこの状況では緊張してしまうけれど、自分の使命を思い出せば迷いは消える。

それに、性教育係を仰せつかっている以上、どうやって教育を施していくかも頭の中ではすでに考えていた。ただ、急に王女のほうから迫ってきたので、どう対応してよいか決めかねているのだ。

「セラフィーヌ様、少しだけ落ち着いて話しませんか？　いきなり事を始めるというのは、急ぎすぎでは……うぐっ!?」

俺は何とか説得してセラフィーヌを落ち着かせようとする。

けれど、その最中にも彼女は手を伸ばし、あろうことか股間に触れてきた。

ズボンの上から俺のものを撫で、その上で耳元にささやきかけてくる。

「こういうのは嫌いなのかしら？　そんなことはないわよね。だって、もうここがこんなに硬くなっているもの♪」

「これは、くっ……」

後頭部に押し当てられた豊乳の感触と手による愛撫。

その二つの刺激で、下半身に血が集まり始めていた。

「性教育というけれど、わたしも子供じゃないから多少の知識はあるのよ。こんなわたしに、ジュリアンくんはいったいどんな性教育をしてくれるのかしら。楽しみだわ」

セラフィーヌは本当に楽しそうに、ニコニコと笑いながらそう言った。

今もまだ胸と手を俺に押しつけたまま、ますます煽ってくる。

ここまでされて、何もしないまま立ち去る訳にはいかない。

性教育とはいえ指導を施す以上、生徒にナメられていては先生役など務まらないからだ。

俺は一度深呼吸をして心を落ち着けると、片手でセラフィーヌの腕を掴んだ。

「あら、やっとやる気になったのかしら？」

「セラフィーヌ様がそこまでお望みならば、ご期待に応えない訳にはいかないでしょう」

そのまま彼女の腕を退かすと、椅子から立ち上がって向かい合う。

「ただ、俺には王族の方に指南する教養がないもので、性教育は実践主義ですよ。大丈夫ですか？」

俺は最後に確認するようにそう言った。

すると、彼女はそんなことかと言うように肩をすくめる。

「今さら怖気づくとでも思っているのかしら？　いずれは経験することだもの。それに、この半月でジュリアンくんのことも少し分かってきたし、あなたになら任せて良いと思うわ。それに何より、お母様の推薦付きだもの。これ以上信用できる相手はいないわよ」

了承の言葉をもらった俺は頷き、彼女に手を伸ばす。

「ありがとうございます。では、今から始めましょうか」

すると、セラフィーヌは迷いなくその手を取った。

「ええ、楽しみだわ。いったいどんなことを教えてくれるのかしら？」

「実は、セラフィーヌ様が初めに覚えるのにピッタリのテクニックがあります。どうやらご自分の武器はよく認識しているようですので、長所を伸ばす方向でいこうかと」

そう言いながら、俺は彼女の胸元へ視線を向けた。

ただの巨乳の枠に収まらず、爆乳の域に達しているその豊乳。

一部の貧乳好きな者たちを除けば、多くの男を魅了する武器になるだろう。

彼女も、俺のそんな視線に気づいたようだ。

自分の胸に手を置くと、ニッコリと笑みを浮かべる。

「確かに、自分の武器を伸ばすというのは単純で分かりやすいわね。それで、どうするの？」

「セラフィーヌ様には、最初にパイズリを覚えていただこうかと思います。たいへん畏れ多いのですが、俺がベッドに腰掛けるので、その腰の前で膝立ちになっていただけますか？」

そう言うと、さすがの彼女も一瞬驚いた表情になる。

「本当に大胆ね。ディアナあたりだったら問答無用で首が飛んでいたかもしれないわよ？」

「セラフィーヌ様なら大丈夫かと思いました。それに、女王陛下からは遠慮せず教育するようにと仰せつかっていますので」

「だからといって、王女にそう遠慮なく言える人間はいないものよ」

そう言いつつも、セラフィーヌは指示どおりに動いてくれる。

俺がベッドに腰掛けると、上着を脱いで腰の前に移動してきた。上着を脱いだことで体の線がよく分るようになり、より胸の大きさが強調されているように感じる。

真っ白な肌に、柔らかそうな乳房。指を入れればどこまでも進んでしまいそうな深い谷間。

どれもが魅力的で、視線を釘付けにさせられてしまう。

「やっぱりすごく大きいですね……これだけのサイズは今まで見たことがありません」

「お母さまや妹たちも大きいけれど、サイズだけならいちばんな自信があるわ。ふふ、見とれてしまいそうかしら？」

「性教育の役目がなければ、ずっと見つめていたいくらいです」

「正直な言葉は好きよ。それで、ここからどうすればいいのかしら。教えてくださる？」

こちらを上目遣いで見つめてくるセラフィーヌに、いよいよ始まるんだと思い気合いを入れる。

「まず男性の肉棒をズボンから取り出すところからですね。ベルトの外し方はわかりますか？」

「ええ、それくらいなら。さっきのいたずらで大きくなったままね。すぐ楽にしてあげるわ」

彼女は俺のズボンに手を伸ばすと、手際よくベルトを外す。

そして、そのまま下着ごとズリ下げていった。

「このとき、場合によってはズボンや下着を全て脱がさないことも有効です。中途半端に脱げているると、素早く立ったり動いたりすることができないので」

「なるほど、狙った男をどこかで押し倒すときには使えそうね」

感心したようにうなずきながら、今回は最後まで下着とズボンを脱がす。

そして、彼女の目の前に勃起した肉棒がさらけ出された。

「これが、男の人の……」

普段はのんびりとした雰囲気の彼女も、このときばかりは視線が釘付けになっていた。

羞恥心か、あるいは興奮からか頬も少し赤らんでいる。

「どうですか、初めて目にした感想は？」

「想像以上だわ。こんなに大きくて、硬く勃ちあがっているなんて……」

彼女は勃起した肉棒を、根元から先端まで舐めるように観察していた。

そこまでされると若干恥ずかしい気もするけれど、口には出さない。これは授業なのだ。

しばらく観察を続けていたセラフィーヌは、満足したのか俺のほうへ視線を戻した。

「パイズリというと、これをわたしの胸で挟むのかしら？」

「ええ、そのとおりです。よくご存じですね」

「侍女たちはこの手の話も好きなのよ。さすがにわたしの前で話すことはないけれど、ときどき待機している隣の部屋から声が漏れ聞こえることがあるの」

「なるほど、そういうことでしたか」

納得しつつも俺は視線を動かして、侍女たちの待機部屋である隣室へと視線を向ける。

王女への性教育は最重要機密だ。たとえセラフィーヌが信頼している侍女でも知られるわけにはいかない。彼女はそんな俺の視線に気づいたようだ。

「心配しないで、今は人払いをしてあるから周囲に他の人間はいないわ。さすがに、わたしが叫び声を上げれば飛んでくるでしょうけれど」

「本当に用意のいいお方ですね。普段ののんびりしている姿が嘘のようですよ」

「ふふ、見直したかしら？　これでもいちおう長女ですもの」

そう言いつつ、彼女は自分から体を寄せてくる。

「それで、もう始めていいのかしら？」

「積極的ですね。とても良いことだと思いますよ。パイズリを知っているなら、大まかな説明は要りませんね」

「ええ、単純だもの。男性は本当にこれで気持ちよくなるのかしら？」

彼女は首を傾げつつも、両手で自分の胸を抱えた。

これまで自然のままだった胸が、持ち上げられることでさらに強調される。

セラフィーヌは胸の谷間を大きく開くと、躊躇(ちゅうちょ)なく肉棒を挟み込んだ。

柔らかい乳房に包み込まれて、肉棒が姿を消してしまう。

「んっ！　これでいいのかしら。胸の中が凄く熱いわ」

セラフィーヌは初めての感覚に戸惑った表情を見せながら、自分の胸を見下ろす。生憎と絶妙な位置に布があって直接肉棒を視認することができないが、その存在はしっかりと感じているようだ。

「ジュリアンくんのもが胸の中でビクビク震えているわ。なんだかちょっと可愛いわね」

どうやら、セラフィーヌは性行為を楽しんでいるようだ。

どうなることかと思ったけれど、性教育にはかなり積極的らしい。

嫌がる王女に無理やり学ばせねばならないよりは、百倍楽だと思って少し安心してしまう。

そして、一安心すると今度は下半身から甘い刺激が昇ってくるのを自覚する。

豊満な乳房によって与えられる刺激が、肉棒から伝わってきたのだ。

王女様方の性教育を任されるくらいだから、人並みに女性との経験はある。

それでも、ここまで見事に肉棒を挟み込んでしまう爆乳は初めてだ。しっとりとした肌の感触と、圧倒的な肉感のおかげで、ただ挟まれているだけでもかなり気持ちいい。

「とても良いですセラフィーヌ様、初めてとは思えないくらい上手です」

「そうかしら。でも、まだまだこれからでしょう？　これで奉仕して、満足させないといけないんだから」

「確かにそうですね」

俺としては、こうして挟まれているだけでも十分気持ちいい。

けれど、男を確実に虜にするという意味では技術を磨いていくほうが確かだろう。

「でも、ここからどうすればいいのかしら。胸で挟むというのは知っていたのだけど……」

どうやら、セラフィーヌが知っている知識は部分的なもののようだ。

侍女などから情報を手に入れるといっても、一から十まで教えてくれるわけではない。

であれば、俺の役目は知識の足りない部分を補足し、もし間違っていたら修正することだろう。

「簡単です。そのまま両手を使って、胸で肉棒を上下にしごくように動かせばいいんです」

「なるほどね、やってみるわ」

彼女は頷くと、さっそく両手を動かし始めた。子供の頭ほどもある大きな乳房をゆっくりと、谷間に収めた肉棒を逃がさないようにしながら上下に動かす。

「おぉ、これは……」

ただでさえ気持ちいい乳房の感触が、より強く伝わってきた。

柔肉が肉棒に押しつけられてゆがんでいく。まるで俺のものが彼女の胸の中へ溶け込んでいくような錯覚さえ感じた。その気持ちよさに、思わずため息を漏らしてしまう。

それを見ていたセラフィーヌは、楽しそうに笑った。

「その様子だと、気持ちよくなってくれたみたいね」

「はい。セラフィーヌ様のパイズリ、とても気持ちいいですよ。筋がよいですね」

実際、彼女の動きはなかなか巧みだった。

無理に動かそうとすると谷間の肉棒が零れ落ちてしまうが、上手く収めたまましごいている。

その状態でゆっくりと、動かし方を確かめるようにしていた。

おかげで肉棒は、柔肉に包み込まれたまま快感を与えられている。

「んっ、熱いわ！　ふふふっ、わたしの胸の中でどんどん大きくなっているわね」

にっこりと笑みを浮かべながらパイズリを行っているセラフィーヌ。

どうやら肉棒の反応を感じて、自信を持ち始めているようだ。

「その調子ですセラフィーヌ様。だんだん慣れてきましたね。とても初めてとは思えませんよ」

「まあ、王女の貞操を疑うなんていけない執事ね。でも、性教育って退屈なお勉強かと思っていたけれど、ジュリアンくんの性教育は実践形式で楽しいわ♪」

いつものように柔らかい笑みを浮かべながら、手はしっかり動かして肉棒を乳房でしごく。

彼女もだいぶ慣れてきたようで、徐々にしごくスピードを速くしていった。

それに加えて、両手の力を調節して肉棒に与える刺激にも緩急をつけてくる。

どれくらいの刺激がちょうどいいかを、試しているようだ。

「お世継ぎをつくるため、好みの男を手籠めにするには必要な技術ですから。……くっ！」

そのとき、乳房の締めつけが一瞬強まり、反射的に声が漏れてしまった。

セラフィーヌはそれを聞き逃さず、楽しそうな笑みを浮かべる。

「あら、今のが気持ちよかったの？　じゃあ、もっとしてあげましょうか♪」

「セ、セラフィーヌ様っ……ぐっ、うぁっ！」

彼女は腕だけでなく、体全体を動かしてパイズリをし始めた。

大きな胸でしっかりと肉棒を抱えながら、上体ごと動かす。

それほど大きな動きではないけれど、これまでの快感の積み重ねもあって刺激が強くなった。

根元から先端まで柔肉がぐいぐいとしごかれ、子種を絞り出そうとしている。

このままではすぐイかされてしまうと思った俺は、慌てて声をかけた。

「今日はもう十分です、セラフィーヌ様。この調子で何度か練習すれば完全に習得できるでしょう」

「十分って、まだジュリアンくんが射精していないわよ？」

「そこまでしなくてもいいんです。テクニックを学ぶのが目的ですから。それに、このまま最後までするとセラフィーヌ様を汚してしまいます」

もちろん、最後まで彼女のパイズリを味わっていたいという気持ちはある。

けれど、俺はあくまで使用人なのだから姫様を汚すようなことはできない。

そう考えての発言だったが、セラフィーヌは肉棒を胸の谷間から解放しようとしなかった。

「ジュリアンくん、それ本気で言っているのかしら？　ここまでやっておいて、今更汚してしまうだなんて」

「それは、どういう意味でしょうか？」

「ふふっ、このまま最後までさせなさいってことよ！　たくさん射精させてこそ、きちんとテクニックを身につけたという自信がつくはずだわ」

「そ、そうでしょうか……」

そう言われると一理あるように思えるけれど、本当にこのまましてしまって良いのか躊躇う。

いくら女王陛下から遠慮は無用と言われていても、常識としては王女の肌に興奮した肉棒を触れさせただけでも首が飛ぶだろうな。

未だ純潔な王女に精液までかけてしまったら、一族や縁者も含めて処刑されてもおかしくない。

しかし、セラフィーヌはそんな俺の葛藤など知らずパイズリを再開する。

しかも、今までより大胆に。より淫らに。

「んっ、はぁ……うふふっ！　先端からエッチな匂いのトロトロが溢れてきて、胸の滑りもよくなってきたわ。これが出てきたということは、もうすぐ射精してしまいそうなのよね？　早く、たくさん射精するところを見せてほしいわっ！」

楽しそうな笑みを浮かべながら、どんどん俺を追い込んでくる。

「くっ、うぅっ……ダメだ、もうっ！」

なんとか堪えようと思っても、セラフィーヌは容赦しなかった。

谷間の奥深くに肉棒を抱えたまま、最後の一線を破られてしまう。

「あら？　急に胸の中で震えて……」

「セ、セラフィーヌ様！　避けてくださいっ、ぐぅっ！」

一瞬で体が熱くなって、腰のあたりが蕩けてしまうほど強い快感が走った。

肉棒がドクドクと打ち震えて、同時に精液が噴き上がる。

「ひゃうっ!?　きゃあっ！　ドクドクって、震えて熱いものが……んっ、一瞬で広がっていくわ」

幸いにも、胸元の布が噴き上がった精液をさえぎってくれたおかげで、セラフィーヌの顔を汚してしまうという最悪の事態は免れた。

しかし、その代わりに爆乳の谷間が精液だらけになってしまう。

俺はしばらくその様子を呆然と見つめていたが、正気を取り戻すとやってしまったと思った。

「申し訳ございません！　セラフィーヌ様のお体を……」

「気にしないでいいと言っているのに。それに、とっても素晴らしい経験だったわ。そう、これが男性の精液なのね……とっても濃い匂いがして、粘りも強いわ」

セラフィーヌ自身は体を精液まみれにされたことを、まったく気にしていないようだ。

それどころか、出されたばかりの精液を指ですくって観察している。

匂いを嗅いだり、感触をたしかめたり。そして……。

「ん……ぺろっ！」

「なっ!?」

俺の目の前で精液を舐めとってしまった。

「んん……さすがに、あまり美味しくはないわね。でも、吐き出すのもお行儀が悪いものね。ん、ごくっ！」

驚きで固まってしまった俺の前で、彼女はそのまま精液の味を確かめると飲みこんでしまう。

「本当に、飲んでしまわれたので？」

「ええ、せっかく出してもらったんだもの。それに、我慢できずに吐き出しているようでは、フェラチオだってできないでしょう？」

「まあ、確かにそうですね。一度口に入れたものを吐き出すなど、女王様は毒以外ではお許しにならないでしょうね」

厳しい女王陛下のことを思い出すと、納得して頷いた。

「何はともあれ、一回目の性教育はこれで終了です。お疲れ様でした」

そう言うと、セラフィーヌも頷いて体を離す。

肉棒が引き抜かれても、その胸の谷間にはたっぷりと俺の精液が溜まっていた。

「ええ、お疲れ様。ところで、生徒としてのわたしはどのくらいの点数をもらえるかしら？」

「それはもう、満点ですよ。少なくとも、パイズリに関してはすぐ本番でも使えるでしょう」

普段から男を誘惑しているあの爆乳でこれほどの奉仕をされたなら、堕ちない男はほぼないだろう。特に、相手が巨乳好きだったなら効果は抜群だ。

すぐにセラフィーヌに魅了されてしまうはず。

「お墨付きをもらえたみたいで良かったわ。でも、ジュリアンくんは魅了されていないみたいね」

俺が汚れを拭くためにタオルを渡すと、彼女はそれで胸元をぬぐいながら拗ねたような表情をする。それを見て、この方は姉妹でいちばん年上なのに、時々子供っぽいところがあるなと思った。

「俺は女王陛下に任された使命がありますからね。実際には、セラフィーヌ様に奉仕されるのは、ちょっとクラっときてしまいましたが」

強い使命感で理性を守っていても、なおぐらついてしまうほどセラフィーヌは魅力的だったのだ。

自分が王女たちの専属執事ではなくひとりの使用人だったら、そのまま襲ってしまっていたかもしれない。そう伝えると、彼女も満足そうに頷いた。

「ふむ、今は仕方ないけれど、いつかはジュリアンくんを誘惑して虜にしてしまいたいわね♪」

確かに、このまま彼女が性教育を受けて成長していけば、それはそう遠くない未来に可能になるかもしれない。

「そう思っていただけるのはとても光栄ですが、どうぞご勘弁くださいませ」

「分かっているわ、妹たちの性教育もしてもらわないといけないもの。でも、ふたりにその話を持ち掛けるのは、まだ早いんじゃないかしら」

確かに彼女の言うとおり、俺が専属執事になってから半月しか経っていない。

ディアナはもちろん、カルミラだって、突然性教育の話を持ち掛けられたら良く思わないだろう。

まだしばらくは、信用されるために仕事を頑張る時間が必要だった。

「その間は、わたしとの性教育を進めてくれるわよね？」

「ええ、それはもちろんです」

「楽しみだわ！　これからも、たくさんテクニックを教えてね、ジュリアンくん？」

ニコニコと笑みを浮かべるセラフィーヌに、俺は頷いて答えるのだった。


それから、俺は王女たちの執事を続けながら週に一回か二回ほど、セラフィーヌへ性教育を施すようになった。元々、ワーカホリック気味なカルミラや城の内外で活動的なディアナよりスケジュールの余裕は大きい。

あらかじめ決めておいた日程以外にも、セラフィーヌのほうから時間が空いたからと呼びつけられることもあった。その度に手コキやフェラチオといったテクニックを教え、一ヶ月が経つころには前戯に関してほぼマスターするほどになっていた。

そして、今夜はいよいよ、セックスについての教育を施す予定だった。

あらかじめ人払いが済ませてあるセラフィーヌの寝室に入る。

彼女はすでにベッドの上に座っていて、俺を待っているようだ。

すでに上着は脱いでいて、まぶしいほどに白い手足や背中がさらされている。

「申し訳ございません、遅れてしまいました」

「ジュリアンくんは遅れていないわ。わたしが期待して、少し早めに準備していたの」

ベッドの傍まで近寄ると、彼女は手招きして俺を誘う。

「さあ、こっちにきて。今日はいよいよセックスを教えてくれるのよね？」

「その予定です」

もちろん、セックスについての性教育も実践形式だ。

つまり、俺はこれからセラフィーヌの処女を奪ってセックスすることになる。

しかし純潔を奪われる側の彼女はというと、普段のようにのほほんとした雰囲気でまったく緊張していないようだ。それどころか、ようやくセックスできると楽しみにしている節さえあった。

俺はベッドに上がる前に、姿勢を正すと彼女に問いかける。

「女王陛下からお許しはいただいていますが、本当に俺が初めての相手でよいのですね？」

「今日までに何度も確認しているじゃない。わたしは初めてのエッチはジュリアンくんとしたいわ」

迷わずそう言ってもらえるほど信用されていると思うと、俺も素直に嬉しかった。

「では、始めさせていただきます」

俺は改めてベッドに上がると、彼女の前に腰を下ろして向き合う。

「セックスにも様々な体位がありますが、セラフィーヌ様はどれをご希望でしょうか？」

最も一般的なのは正常位だ。それに次いで後背位がある。

さらに、騎乗位ならば女性が動きの主導権を握るので自分のペースで進められるという利点もあった。そのほかも含めていくつか上げた選択肢の中で、彼女が選んだのは後背位だった。

「理由をお聞きしてもよろしいでしょうか？」

「顔を見ながらするのなんて、さすがにちょっと恥ずかしいじゃない。それに、後ろからのほうが激しくできるみたいだもの。折角だからたくさん気持ちよくしてほしいわ」

彼女は迷わずにそう言うと、興奮からか頬を赤くした。

セラフィーヌは最近、テクニックを学ぶよりも性行為そのものを楽しみにしているような気がする。最初から激しいセックスを求めてくるとは、相当に期待しているようだ。

その期待に応えなければと、俺は気合いを入れる。

「では、四つん這いになってこちらへお尻を向けていただけますか」

セラフィーヌは頷くと、さっそく言われたとおりに体を動かす。

両手で体を支える四つん這いの態勢になって、俺のほうへお尻を向けてきた。

「これでいいかしら？」

「ええ、十分です。セラフィーヌ様、触れますよ」

俺も執事服を脱ぐと、彼女の体に近づく。そして、こちらに向けられたお尻へ慎重に触れた。

胸には一歩及ばないけれど、十分以上に魅力的なそこをやさしく揉む。

「んっ……」

セラフィーヌの口からわずかに息が漏れ、それを聞いた俺は体が熱くなってくるのを感じる。

「まずは十分に、気持ちを高めていただかないといけませんね」

片手でお尻を揉みながら、もう片方の手でスカートをめくりあげた。

程よく肉のついた腰回りと、秘部を覆う純白のショーツが露になる。

「セラフィーヌ様は胸のほうに目が行きがちですが、こちらも素晴らしく魅力的ですね。それに、丈夫なお世継ぎを産めそうです」

「そう言ってもらえると嬉しいわね。王女としてはいちばん大事なことだもの。でも、今はジュリアンくんの性教育を楽しませてくれるかしら？」

俺がそう言うと、彼女はこちらを振り返ってそう応えた。

確かにそうだ。性教育の一環ではあるけれど、いよいよセラフィーヌの純潔を奪うのだ。

せめて彼女が、セックスに苦手意識を持たないよう楽しんでもらいたいと思う。

「ご期待に応えられるよう微力を尽くします」

「ふふ、よろしくね」

セラフィーヌが顔を前に戻したので、俺も手を動かす。

今までどおり片手でお尻を撫でつつ、もう片方の手を秘部に向けた。

ショーツで覆われたそこを、まずは指一本でゆっくり撫でていく。

「ひゃぅっ……だ、大丈夫よ」

指が触れた瞬間、彼女の体がビクッと震えた。

さすがに大事な部分なだけあって敏感になってしまうらしい。

一度指を離すと今度はより慎重に、内もものあたりからゆっくり秘部に指をスライドさせていく。

「あぅ、なんだかくすぐったいわ。ん、はうっ！」

再び指が秘部に触れ、セラフィーヌが息を漏らした。

けれど、今度は驚くことなく俺の愛撫を受け入れている。

「ここからゆっくり愛撫していきますね。前戯はしっかりしておかないと本番に影響しますので」

「わかっているわ。でも、やっぱりこの体勢は恥ずかしいわね……」

「今からでも他の体位に変更されますか？」

「それはちょっと……だって、もう顔が赤くなってしまっているんだもの。余計に恥ずかしいわ」

普段のんびりしているセラフィーヌが羞恥で顔を赤くしている姿、ぜひ見てみたいな。

とりあえずその願望は頭の隅に退けておき、愛撫に集中する。

指を秘部の割れ目に合わせてゆっくり動かし、愛液が出てくるのを促すようにした。

「はぁ、はぁっ……ん、はぅぅ……」

指の往復回数が重なっていくにつれ、セラフィーヌの呼吸が荒くなってくる。

それに合わせて、じっとり下着が湿ってくる感触が指に伝わってきた。

どうやら狙いどおり、体が興奮してきているらしい。

「セラフィーヌ様の体、どんどん熱くなってきているようですね」

「はぅ、んんっ。そうなの、こんなの初めてよ！　特に、お腹の奥がきゅうと熱くなって……あぅ、ひゃんっ！」

少し強めに指を動かして割れ目に押し込む。

すると、敏感になってきた体はすぐセラフィーヌに嬌声を上げさせた。

「やぁ……また、熱くなってくるの……」

「普段より興奮するのが早いですね。良い調子ですよ」

これまで学んだテクニックには、男を責めるのはもちろん責められる経験も含まれている。

指や舌で愛撫し絶頂する姿も見てきたけれど、今日はそのどれより体が淫らになっているように思えた。俺はこのまま一気に火をつけてしまおうとショーツを横にずらし、直に秘部へ触れる。

「いひゅっ!?　ジュリアンくんの指がっ……あぅ、ひんっ！」

それに合わせてもう片方の手での愛撫も、より積極的にした。

お尻を撫でたり揉んだりするのはもちろん、太もものあたりまで手を動かして刺激していく。

「ひゃ、んくっ！　うそ、そんなところまで気持ちよくっ……あんっ！」

セラフィーヌが嬌声を上げながら、与えられる快感に耐えるように両手でベッドのシーツを握りしめる。その光景に、俺もグツグツと欲望が沸き立ってくるのを感じた。

目の前で濡れている秘部を前にして、触れてもいないのに肉棒が限界まで勃起してくる。

「……ふぅ。ここまで濡らせば大丈夫そうですね」

「ふぅ、はぁ、はぁ……も、もう少しでイってしまいそうだったわ」

すでにセラフィーヌの秘部は、中から漏れ出た蜜が太ももを伝いシーツにまで垂れている。

膣内はさらに濡れていて、肉棒を受け入れるのに支障はないだろう。

俺は下半身をさらけ出し、膝立ちになって彼女の後ろに陣取る。

「はふぅ……いよいよかしら？」

「ええ、セラフィーヌ様の処女をいただきます」

「ふふっ、初めてのセックスね。遠慮しなくていいから、一気にちょうだい♪」

俺は勃ち上がった肉棒を手で押さえると、秘部に押しあてる。

そして、彼女の望みどおり腰を前に進めた。

「あぐっ!?　んっ、くぅぅ……ッ！　中に、どんどん入ってくる……あぁぁぁっ！」

たっぷりの愛撫のおかげで、彼女の膣内はよく濡れていた。

けれど、初めてということもあってまだ硬さがある。

膣内を押し広げていくようにしながら、一息で処女膜まで到達した。

「このまま、いちばん奥まで行きますからね！」

「きて、ジュリアンくんっ！　あなたに抱いてほしいのっ！」

その言葉を聞いて、自然と腰が動く。

ぐっと前に進んで、処女膜を貫き膣奥まで潜り込んでいった。

「ひっ、んぐっ……あっ、あああぁぁぁっ!!　くるっ、きてるっ！　奥までいっぱいぃぃぃっ！」

肉棒が根元まですべて、彼女の温かさに包まれた。

セラフィーヌも両手で力いっぱいシーツを握りしめながら、熱い吐息と共に声を漏らしている。

けれど、彼女が落ち着くのを待っていられない。

俺は両手で腰をがっしりと掴むと、すぐにピストンを始めた。

「あうっ、ひゃあぁっ!! そんな、いきなりっ……んっ、あううぅぅうぅぅっ!!」

「そう言っているわりには、セラフィーヌ様も感じているじゃないですか!」

処女喪失をしたばかりだというのに、この王女は痛みより快楽を得ているようなのだ。

現に、肉棒をピストンさせるたびに膣内がキュンキュンと締めつけてくる。

それに加えて、抑えきれない嬌声が俺の耳に届いていた。

「ひぃ、はぁ、はぁっ! だって、こんなに気持ちいいのは初めてなんだものっ! 今まで手が届かなかった奥まで、ズンズンかき回されている感覚が素敵なのっ! んっ、ぎゅむっ、はひぃんっ! そうよ、もっと強くぅっ!」

「はぁはぁ……ふふ、本当に淫らな王女様ですね!」

俺も息を荒くしながら、全力で腰を動かして彼女を犯す。

もちろんただ動かすだけでなく、膣内の弱点を探して責めていった。

「はひっ、はぁっ……んぐぅっ!? やっ、そこぉ!」

「セラフィーヌ様はここが感じるんですか? なら、重点的に責めますよ」

「い、今でも十分気持ちいいのに、これ以上……ひゃっ、ひううううぅぅぅぅうぅぅっ!!」

肉棒で奥の、子宮口の上あたりを突き上げると、ひときわ大きな嬌声が寝室に響いた。

あまりに刺激が強すぎたのか、上半身をベッドに突っ伏してしまう。

「ダ、ダメよ……これは激しすぎなのぉ……」

「そうはいきません。最後まで手加減しませんからね！」

「ひぃ、待ってっ……あぁ、あああぁぁっ!!　ひぃ、奥っ……んあぁぁぁぁっ！」

俺は容赦せずに、腰を打ちつけるようにしながらセラフィーヌを犯す。

こうなれば相手が王女でも関係ない。隅々まで責めつくしてやるつもりだった。

そのまま犯していると、激しいピストンで限界が近づいてきたのか膣内が震え始める。

「も、もう無理っ……もうイっちゃうのぉっ！」

「セラフィーヌ様、そろそろ限界ですか。なら、俺もラストスパートしますよっ！」

終わりが近いことを知り、すべての体力を使い切るようにピストンが激しさを増す。

若干前のめりになって体重をかけるようにしながら、奥の奥まで犯し尽した。

「イクッ、イクッ！　ひぃ、あぁぁ……ジュリアンくんっ、いっしょにイってぇ！　はぐぅっ、あぁぁっ!!　イックウウウゥゥゥゥッ!!」

「セラフィーヌ様っ！　ぐっ!!」

彼女の絶頂と同時に俺も射精した。互いに大きく震えながら、欲望の塊を吐き出していく。

「ひぃ、はぁ、はぁっ……」

俺は崩れ落ちそうになるセラフィーヌ様の体を支えながら、その姿を見下ろしていた。

あの、マイペースだけれど王女としては確固たるプライドも持ち合わせた貴人が、俺の下で絶頂に喘いでる。その事実に、いけないことだとは思いつつも征服欲を感じてしまっていた。

セラフィーヌだけではない。俺はこれから、ふたりの妹姫にも性教育を施していくんだ。

三姉妹すべての純潔を奪ったときの興奮は、どれほどのものか……。

ただ、その一瞬あとに正気を取り戻して頭を振る。

「何考えているんだ。しっかりと使命を果たすことが至上命題なんだぞ」

自分に言い聞かせるように心の中でつぶやくと、セラフィーヌを介抱しはじめる。

「セラフィーヌ様、大丈夫ですか？」

「んんっ……はぁ、ふぅ。ええ、なんとか。ジュリアンくん、とっても素敵だったわ」

体を仰向けにした彼女は、俺に満足そうな表情を見せてくれた。

「これからも、わたしに色々なエッチを教えてね？　もちろん、実践形式で♪」

あれだけ激しく絶頂した後だというのに、もう普段の様子に戻っている。

素直に凄いなと思いつつ、着実に経験を積んでいる彼女の教師役として恥ずかしくないよう頑張ろうと思うのだった。

第二章　性教育のススメ

王女たちの専属執事となってから、二ヶ月ほどが過ぎた。

最近は多忙さにも慣れてきて、効率的に仕事ができるようになっている。

その結果、性教育に回せる時間も増えていた。

今も俺の目の前には、全身を火照らせて事後の余韻に浸るセラフィーヌ姫の姿があった。

「んんっ、はぁ、ふぅっ……今日も素敵だったわジュリアンくん」

「セラフィーヌ様こそ、すっかりセックスに慣れてきましたね。テクニックのほうもどんどん上達していきますし」

俺たちがいるのは、寝室のベッドの上だ。

互いに一糸まとわぬ姿で、セックスをしながらの性教育を終えたばかりだった。

俺は、横たわっている彼女の隣に腰を下ろしている。

「ジュリアンくんの教え方が上手いから。こんなに気持ちいいこと、クセになっちゃいそうだわ♪」

「セラフィーヌ様が積極的で、俺も助かっていますよ」

彼女のほうから気を聞かせて時間を作ってくれるので、ここ最近は週に二回ほど性教育を行っていた。希望を考慮してセックスを中心にしつつ、色々な体位や体の動かし方を学んでもらっている。

今ではセラフィーヌに任せきりでも、一通りこなせるようになるまで成長していた。

「ここまでくれば、もう一安心ですね。基本的なことはすべて学ばれましたから」

「じゃあ、ジュリアンくんとのエッチもおしまいなの？」

そう言うと、彼女は体を起こして少し不満そうな顔を浮かべた。

もっと気持ちいいことをしたいという考えからだろうけれど、俺とセックスしたいと言ってくれたのは内心嬉しい。

とはいえ、それを顔に出すことはせず、首を横に振った。

「セラフィーヌ様がご希望ならば、いつでも練習台になりますよ」

「なら良かったわ！　でも、ジュリアンくんは大変ね。まだカルミラとディアナにも性教育しないといけないんだもの」

「そうですね。その件については、正直どうしたらいいか悩んでいるんです」

セラフィーヌの場合は彼女が俺の使命を察してくれて、その上セックスにも積極的だったから大いに助かった。けれど、カルミラやディアナが同じとは思えない。

特にディアナなんかは、下手に体へ触れただけで首を刎ね飛ばされそうだ。

頭を抱えている俺に、シーツで体を隠したセラフィーヌが近寄ってきた。

「でも、お母様からの勅命だから投げ出すわけにもいかないわよね。どうかしら、わたしも少しサポートするから、ふたりにアプローチをかけてみない？」

「セラフィーヌ様にご助力いただけるなら願ってもないことですが、よろしいんですか？」

性教育とはいえ、妹たちの純潔を奪うことになる。

「構わないわ。だって、ルーンヴァリスの王女として役目を果たすためだもの。たとえ女王にならなくとも、そう言った技術は必要よ」

「確かにそうですね。セラフィーヌ様の言うとおりです」

三姉妹の中で、女王に選ばれなかったふたりは王城を出ることになる。

その場合でもどこかの貴族家に嫁入りするのではなく、自ら婿を取って独立するのが一般的だ。

セックスの知識や経験は、そのときにも役立つだろう。

独立して分家を興せば、もし王家に何かあった場合にそこから女王を擁立することになる。女系を維持し婿に主導権を握らせないためにも、ベッドの上で相手をものにする技術は必要だった。

「……しかし、おふたりにアプローチすると言っても、具体的にはどうしたらよいのでしょうか？」

マイペースで気分屋なところがあるセラフィーヌと違い、カルミラとディアナのスケジュールはなかなか隙がない。

よしんば性教育をする時間を見つけても、上手く接触できるとは限らなかった。

「ふふっ、そこはわたしに任せてちょうだい。まずはカルミラのほうがよいかしらね。ジュリアンくんに好感を抱いているみたいだし」

「確かに何度か仕事をお手伝いしたこともあり、ディアナ様よりは会話する機会も多いですね」

とはいえ、真面目な彼女はその分スケジュールに隙間がない。

プライベートで接触するのは少し難しそうだ。

「ジュリアンくんは、いつも通りにしていていいわ。わたしのほうで機会を作ってあげる。でも、それをどう活かすかはあなた次第よ？」

「ありがとうございます。必ず成功させてみせます」

「ええ、期待しているわね！」

彼女は楽しそうに笑うと、手を伸ばして俺の腕を抱きかかえた。

「それはそれとして……話している内にまたしたくなっちゃったの。もう一回、付き合ってもらえるかしら？」

「セラフィーヌ様のお望みなら、なんなりと」

そう言って頷くと同時に、俺はベッドへ引き倒されてしまうのだった。

＊　＊

セラフィーヌの性教育が一段落してから数日。

俺は普段どおり、執事の仕事をこなしていた。

今はカルミラの執務室に籠り、書類の事務処理の手伝いをしている。

「ジュリアン。エラヌ伯爵から送られてきた、嵐による被害の復興支援要請ですが、進捗のほうはどうなっていますか？」

「少々お待ちください。……その件でしたら、非常事態局のほうから報告が上がっています。王都の職人ギルドに協力を要請して、大工たちを派遣するようです。人手不足については、レガーム将軍がエラヌ領近郊で訓練中だった部隊を率いて、応援に向かっています」

カルミラの質問に、書類の山から一枚の紙を取り出して答える。

この間も彼女は手元の書類に目を通しながら、さらに別の書類にサインしていた。

こうして同時に複数の仕事を処理できるおかげで、カルミラの事務能力は特別に高い。

彼女ひとりの作業量は、優秀な事務官五人分に匹敵すると言われているほどだ。

もちろん俺が普通に手伝っても邪魔になるので、彼女が求める情報を出来るだけ早く提出してサポートするのが仕事だった。

それから数時間休みなしで続けると、ようやく山のように積まれていた書類が片付く。

すでに陽は傾いていて、そろそろ照明が必要になりそうだった。

これでも予定より早く終わっているんだから、彼女の尋常ではない仕事ぶりが見て取れる。

「これで今日の分は終わりですね。予定より早いですが、お休みになられてはいかがですか？」

「いえ。もうすぐ外務局のほうから新しい書類が届くので、それを片付けてしまいたいんです」

「……カルミラ様、少し働きすぎではないですか？　昨日も夜中までお仕事されていましたよね」

夜の執務室に明かりがついていたので、不思議に思って中を覗いた。そこで、カルミラがひとりで仕事をしていたから驚いたんだ。どうやら、遅れて到着した書類を確認していたらしい。

今日もそんなふうに、夜中まで仕事をするつもりではないだろうか？

「王国東部での自然災害と、隣国との貿易交渉が重なってしまいましたからね。忙しいのも仕方ありません。私は大丈夫ですよ、健康管理には自信がありますし」

「そうは言いましても……」

確かにカルミラが体調を崩しているところは見たことがないが、それとこれとは話が別だ。

体調を崩していないとはいっても、こうも机に座りっぱなしの仕事続きでは疲れてしまうだろう。

そう思っていると、不意に執務室の扉がノックされた。

中に入ってきたのは、ひとりの事務官だ。

「カルミラ様にご報告申し上げます。本日到着予定の書類でしたが、手違いで今日中にお届けするのが難しくなってしまいました。申し訳ございません」

報告と共に、深く頭を下げる。

ということは、カルミラはこれ以上、今日は仕事をする理由がなくなったようだ。

彼女は少し驚いた表情をしたものの、すぐに元の平静な表情で声をかけた。

「そうですか、分かりました。幸い緊急な案件はなかったはずですので、明日以降で構いません」

「はっ！　ありがとうございます。事務官一同、再発防止に努めさせていただきます」

そう言って彼が出ていくと、小さくため息を吐く音が聞こえた。

「カルミラ様、いかがなさいましたか？」

「いえ、優秀な事務官たちなので、単純なミスが起こったことに少し驚いてしまって」

そう言われて、俺は先ほどの男の顔を思い出す。

確か、彼はセラフィーヌに才能を見出されて城に努めるようになったはずだ。

そこまで考えて、数日前のセラフィーヌの言葉を思い出す。

機会を作るという発言は、このことだったのか。

これで時間が空いたから、カルミラにアプローチをかけろということだろう。

納得すると、カルミラのほうを向いて話しかける。

「いくら優秀な人間でも完璧ではありませんからね。しかし、これでスケジュールに空きができましたね」

「ええ、そうですね。いま手がつけられる仕事はないですし、どうしましょうか……」

どうやら本気で困っているようで、難しい顔をして考え込んでいる。

「カルミラ様。実はご相談しているんです。もしよければ聞いていただけませんか？」

「相談ですか？　ジュリアンがそんなことを言うなんて、珍しいですね」

「はい。出来れば、カルミラ様のお部屋で、人払いをしたうえでお願いいたします」

最初はただ不思議そうな顔をしていた彼女だけれど、人払いの言葉が出たところで怪訝そうな表情になる。

「そこまでしなければならないことなのですか？」

「はい。緊急という訳ではないのですが、誰にも聞かれてはいけないことなのです」

努めて真剣に言うと、彼女も理解してくれたようで頷く。

真面目な彼女には、下手に言葉を飾るよりもまっすぐ伝えたほうが受け入れてもらいやすい。

専属執事になってから学んだことの一つだった。

「分かりました、ではそのように用意しましょう。ジュリアン、ついてきてください」

彼女に付き従い、そのまま部屋へと向かう。

そこには身の回りを世話する侍女たちがいたが、カルミラが一言「大事な話があるので下がっていてください」と言うと、静かに部屋を後にした。

使用人の中でも王女たちの侍女は、特別に信頼できて王家への忠誠心も厚い者たちを選抜しているようで、主人の言葉には絶対に従う。

ふたりだけになった部屋の中で、カルミラは事務机の椅子に腰かけた。

俺はその前に異動して跪く。

「お願いを聞き入れてくださいって、ありがとうございます」

「気にしないでくださいジュリアン。貴方が言うことですから、本当に大事なことなのでしょう？」

どうやらカルミラは、俺の話をまったく疑っていないようだ。

これまで真摯に仕えてきたことで、かなり信用を得ているようで喜ばしい。

この分なら問題ないだろうと思い、本題に入る。

「はい。俺には専属執事としての仕事の他に、女王陛下からある使命が授けられています」

「お母様からの使命……ですか。それはいったい、どのようなものなんですか？」

「カルミラ様も含めた、三人の王女様方の性教育です」

「……えっ？　せ、性教育ですかっ!?」

さすがの彼女も、一瞬何を言われたのか理解できず、呆けたような表情をする。

それでもすぐに頭の働きが戻ったようで、驚きの声を上げた。

「はい、そのとおりです。カルミラ様もルーンヴァリス王家の伝統はご存じですね？」

「え、ええ……。なるほど、そういうことでしたか」

さすがに頭の回転が早いだけあって、すぐ状況を察したようだ。

「私たち王女が自分で男性から子種をいただけるように、そのための技術を身に着けるということですね。それで、その指導役に選ばれたのがジュリアンだと」

俺が頷くと、カルミラは小さく息を吐いた。気持ちを落ち着けているようだ。

「性教育については了解しました。確かにこれは人払いする必要がありますね。侍女にも聞かせられません」

「ご理解いただけたようで幸いです。それで、性教育のことなのですが……」

「ええ、分かっています。もちろん指導は受けますよ。それも王女としての務めですから」

そう言って彼女が頷いたのを見て、俺はほっと安堵の息を漏らした。真面目なカルミラのことだから、事情を説明すれば受け入れてくれるだろうと、セラフィーヌも言っていた。

けれど、こうして実際に了解をもらうと一安心できる。

その後、俺は改めてカルミラに話を切り出した。

「出来れば早めに取り掛かりたいのです。公務のスケジュールの合間を縫って行うことになるので、カルミラ様の場合、週に一度行えるかどうかという頻度になるかと思います」

「誰かに知られるわけにはいかないですし、そうなりますね。しかし、私の場合……ということは他のふたりも？」

「はい、セラフィーヌ様へのご指導は、すでに始めさせていただいております」

セラフィーヌはもう、一区切りつくところまで進んでいるのだが、それは口にしない。

下手なプレッシャーを与えてしまうかもしれないからだ。セラフィーヌ自身も、直接的にカルミラへの性教育に関与してくるつもりはなさそうなので、黙っておいたほうがいいだろう。

「セラ姉様はすでに始めているんですね。なら、ディアナはどうですか？」

「そちらはまだ……」

「やはりそうですか。あの子の性格では、話を切り出すのも難しそうですからね。容易ではないでしょう」

彼女も妹の気質はよく把握しているからか、少しだけ気の毒そうな表情になる。

「ディアナ様のことはお任せください。それよりも、今夜はカルミラ様に性教育を受けていただきたく存じます」

「ええ、そうでしたね。性教育ですか……具体的にはどのようなことをするのですか？」

「俺の場合は実用性を重視して、実際に性行為を経験しながら学んでいただいています。カルミラ様の場合も同じようにしてよろしいでしょうか？」

「実際に、ということは……私はジュリアンと肌を重ねるということですね……」

さすがの彼女もこれには少し動揺したようで、視線が泳いでいる。

しかし、覚悟を決めたのかすぐに俺の目を見つめ返してきた。

「セラ姉様もしているのですよね？　ならば、私にも同じように学ばせてください。きっと、お母様に安心していただけるように学んでみせます！」

決意に満ちた表情で言うカルミラを見て、これなら大丈夫そうだと思った。

「では、さっそく始めてもよろしいでしょうか」

「はい。まずは何をすればいいのですか？」

「セラフィーヌ様のときと同じように、前戯から学ばれるのがよいと思います。そうですね、一般的な行為であるフェラチオから始めてみましょう」

もう少し慎重にやるなら手コキから始めるのだけれど、真面目なカルミラは真剣に性教育を受けようとしていた。なら、少し思い切ってみてもいいだろう。

「フェラチオ、ですか？」

俺の言葉を聞いた彼女は、首をかしげていた。

セラフィーヌとは違い、性知識に関してはそれほど詳しくないようだ。

「カルミラ様は、子作りのための行為がどういったものかご存じですか？」

「それくらいは。先ほど言った前戯というのは、セックスの前に気分を高めるために行うものなのでしょう？　詳しくは知りませんが、準備なのですから互いの性器に触れたりするのでしょうね」

「そのとおりです。フェラチオは女性が男性の性器を舐めて愛撫するものですよ」

「な、舐めてですか？　そんな行為があるのですか……知りませんでした」

カルミラは少し驚いているようだけれど、拒否するような反応までは見られなかった。上出来だ。

「出来そうですか？　もちろん、俺も出来る限り体を清潔にしています」

「なんとか、やってみます……」

彼女が頷いたので、さっそく行為を始めることにする。

セラフィーヌのときと同じように、ベッドの縁へ座った俺の前に上着を脱いで彼女が跪いた。

いよいよという段階になって、カルミラも少し緊張してきたらしい。

そんな彼女の前で、俺はズボンのベルトに手をかけた。

そして、ズボンも下着もすべて脱ぎ去って下半身をさらけ出す。

「ッ!?　こ、これが……ジュリアンの……」

カルミラの視線は俺の股間へくぎ付けになっていた。そこにあるのはもちろん男性器だ。

まだ勃起してはいないけれど、あまり性知識のない彼女にとっては十分刺激が強いらしい。

「カルミラ様にはこれからフェラチオを……これを舐めていただきます」

「……分かっています。これを、口で……」

顔を赤くしながらも、視線はしっかり股間に向けられている。

「はじめは手で触れてみてください。フェラチオは慣れてきてからで大丈夫ですよ」

「は、はい。では、触れてみますね」

コクンと頷くと、カルミラが恐る恐る右手を伸ばしてくる。

まず人差し指の先でツンツンと触れ、動かないと分かると手で握り始めた。

「柔らかくて暖かいですね。なんというか、もっと凶悪なものだと思っていたのですが」

「今の状態はまだ勃起していませんからね。女性の愛撫で興奮すると、血が集まって大きく硬くなります」

彼女は俺の話を聞きながら、少しずつ手を動かし肉棒を撫でる。

普段から何時間もペンを握って書類仕事をしているカルミラだけれど、その指は驚くほど柔らかかった。自分のものとは何もかも違うその感触に、徐々に興奮し始める。

「あ、あれ？　なんだか様子がおかしいです。ピクピクっと動いていますよ」

「それはカルミラ様の刺激で……くっ！」

動揺した拍子に、彼女の手に力が籠った。

少しだけ強く肉棒を握られて、それが絶妙な刺激になる。

ドクドクっと下半身に血が送られて、肉棒が勃起し始めた。

「きゃあっ!?　な、なんですか？　どんどん大きくなっていますっ！」

初めて感じる肉棒の変化に戸惑っているようだ。

驚きつつも、どう対応していいか分からず手を離せないでいる。

そんな彼女の手の中で、肉棒は八割がた勃起していた。

「これが、興奮したときの姿なんですね。私の手で触れたからこうなったんですか？」

「ええ、カルミラ様の手の感触が気持ちよくて。すみません、少し油断していました。本当なら、もっと色々と学びながら、変化を観察していただければよかったのですが……」

「いえ、ジュリアンのせいではありません。私が不慣れだったからです。それに、これからも性教育はするのですよね？　その中で学んでいけばいいのですから」

　この状況でも俺を気遣ってくれる彼女の言葉に、心が温かくなった。

　そんな優しい彼女に実践で性知識を教え込もうとしている俺は、傍から見たらとんでもない無礼者だろうけれど、これも使命なのだから仕方ない。

「それで、この状態になったものを舐めるのですよね？」

「そうですね。ただ、初めてですので無理はしなくて大丈夫ですよ。手で愛撫してもいいです」

「では、最初は手から……」

　カルミラは改めて手を動かし、今度は勃起している肉棒をしっかりと握る。

「このくらいの強さで大丈夫ですか？」

「ええ、ちょうどいいと思います。そのまま上下にゆっくり動かしてください。慣れてきたら徐々に激しくしていきます」

「は、はい！」

　頷き、俺の指示に従って奉仕を始めた。最初はゆっくりと恐る恐るといった感じだけれど、二分か三分も経つと慣れてきたようで、少しずつしごくスピードが速くなっていく。

　そして、カルミラは手コキをしながらもじっと肉棒を見つめていた。

「先端が真っ赤です。確かに血が集まっているんですね」

「フェラチオでは舌先で舐める他に、口の中へ咥えて舐める方法もありますが、出来るだけ歯を立てないよう気を付けてください。万が一噛み締められてしまうと、大変なことになりますので」

「分かりました。気を付けますね」

カルミラは頷くといったん肉棒から指を離す。そして、ひと呼吸置いて舌を出した。

「んっ……ちゅ、れろっ！」

伸ばした舌をそのまま勃起した肉棒へ近づけ、舐め始める。

舌先で肉棒をつつくようにしながら感触を確かめているようだ。

まだ少し緊張しているようで、動きはぎこちない。けれど迷いはないようで、舌の動かし方は積極的だ。ただ、ときどき眉をひそめるようにしているのが気になる。

「カルミラ様、大丈夫ですか？」

「んぅ……な、なんとか……」

「あまり無理はなさらないほうがいいと思います」

一生懸命になりすぎて失敗し、苦手意識を持ってしまうのは良くない。

そう思って中止を勧めたけれど、彼女は首を横に振った。

「いいえ、このまま続けさせてください。それと、どう舌を動かせば男性が気持ちいいかアドバイスももらえると嬉しいです」

こちらを見上げるカルミラの視線は真剣だった。

それを見た俺は、これ以上気遣うのは無粋だと思って頷く。

「では、舌をもう少し広い範囲で使ってみましょうか。ベタッと押しつける感じです」

「はい、分かりました。んんっ……れろ、んるぅっ！」

カルミラは俺の言うとおりに舌を動かしフェラチオを続ける。

最初はおっかなびっくり舐めていたけれど、すぐに慣れてきたようだ。

ペロペロと棒付きの飴を舐めるようにしながら、肉棒の根元から先端、カリ首の部分にまで舌を這わせる。いつの間にか肉棒は彼女の唾液でベトベトになってしまった。

「はむ、ちゅるっ……れろ、れろ、んちゅぅ……ッ！」

「いい調子ですよカルミラ様。だんだん上手になってきましたね」

セラフィーヌに比べるとまだまだだけれど、嫌悪感なくフェラチオできるのは素晴らしい。

彼女の真面目さを考えれば、これからどんどん上手くなっていくだろう。

ただ、カルミラは現状に満足していないようで難しい顔をしている。

「いかがなさいましたか？」

「……ジュリアンが気持ちよさそうではないので、上手くできているのか実感が湧かないんです」

「えっ……十分気持ちいいですよ？　確かにプロのテクニックと比べるとどうしても見劣りしてしまいますが、それはこれからどんどん成長していきますから！」

カルミラの言葉に少し驚きながらそう説明する。

しかし、彼女は視線を下に動かすと肉棒を見つめた。

「本当に気持ちよければ射精するのですよね？　それくらいは知っています。けれど、ジュリアンのここは、先ほどからあまり変化がありません」

「俺の気持ちよさなんて、カルミラ様は気になさらなくて大丈夫ですよ。練習のための道具とでも思っていただいていいんです」

セラフィーヌのときは彼女のテクニックもあって興奮してしまったけれど、本来ならば俺より、彼女たちの性体験のほうが優先なのだから。

「でも……やっぱり、ちゃんとジュリアンにも気持ちよくなってほしいです。実際に男性の反応を見られればいい経験になりますし。それに、いつもよく働いてくれているジュリアンへ、この機会に少しでも報いたいのです」

「カルミラ様……」

彼女がそんなふうに俺を思ってくれているなんて、思いもよらなかった。

頑張りを評価してもらえたというのはすごく嬉しい。

なら、少しだけわがままを言わせてもらおうかな。

「もしよければ、カルミラ様の体をもっと見せてもらっていいですか？」

「わっ、私の体をですかっ⁉」

「ええ、そうです。全て脱がなくとも、男性相手に肌を見せることに慣れるのは重要ですし、男性のほうも興奮すると思います」

「それはジュリアンも同じなんですよね？　分かりました、少し恥ずかしいですけれど……」

彼女は若干顔を赤くしながらも頷く。

そして、手を動かすと一気に服の前をめくりあげて胸元をさらけ出した。

セラフィーヌには一歩劣るものの、十分に巨乳と言える胸が脱衣の反動で柔らかそうに揺れる。

「んっ！　こ、これでどうでしょうか？」

片手で肉棒を持ち、肌を晒しながら恥ずかしそうに見上げてくるカルミラ。

その光景に、腰の奥でドクドクと欲望がたぎるのを感じた。

「すごくいいですよカルミラ様。とても綺麗でエッチです」

「ありがとうございます。やはり少し恥ずかしいですけれど、これにも慣れなくてはいけませんから。ね。このまま続けますから、アドバイスをお願いしますね？」

彼女は一度深呼吸すると、またフェラチオを再開した。

「ぺろっ、ちゅるるっ……はぁ。基本的なやり方は分かりましたが、この味には慣れませんね……」

控えめに肉棒へ舌を這わせながら、髪をかき上げてこちらを見つめるカルミラ。

普段から真面目な彼女だけあって、ここまでの基本テクニックの習得はバッチリだ。

応用編に関しても、これからどんどん身に着けていくだろう。

「味が不快なようでしたら、今日はもう終わりにするか、他の指導に切り替えますか？」

「いえ、大丈夫です！　立派な女王になるためには、習得が必要だと理解していますので」

そう言うと、今度は口を開けて肉棒を先端から咥え込む。

「んじゅっ、じゅるるっ！　こうやって、口に咥えて舐めたりもするんですよね？　ん、んむっ、じゅぷぅっ、れろろっ！」

「さすがカルミラ様、理解が早いですね。そうです、裏側の筋へ沿うように舌を動かして……くっ、本当に上手いですよっ！」

「ちゅむ、ちゅるっ、れろおぉぉっ……んっ、はぁ……先端から苦いものが出てきました。ジュリアンも気持ちいいですか？」

その問いに頷くと、彼女は安心したようにほっと息を吐き、また肉棒に舌を這わせる。

「んるっ、れろろっ！　今日はこのまま、私のフェラチオで最後まで気持ちよくさせてみせます！」

「カルミラ様っ……くぅ、うおっ！」

フェラチオに対する慣れと共に、彼女の動きも大胆になってくる。

口に咥えて舐めるのはもちろん、咥えたまま頭を動かしてしごくように刺激してきた。

「はぷ、れろっ！　はぁはぁ……ビクビクッて動き始めていますね。もう射精しそうですか？」

「ええ、もう限界です！　このままだと口の中に……」

カルミラに精液を飲ませてしまうことを危惧してそう伝える。

けれど、彼女は躊躇なくフェラチオを続けた。

「カ、カルミラ様っ!?」

「このまま出してください！　んぐ、れろっ、じゅるるっ！　はぁ、全部私が受け止めますっ！」

その言葉に驚いてどうしようか迷ったけれど、欲望がせり上がってくるのを止められなかった。

「ダメだ、ほんとにもう……ぐぅっ！」

次の瞬間、それまで抑え込んでいたものが一気にあふれ出す。

熱い快感が生まれて、それと同時に射精した。

「んうぅっ!?　あふっ、んんっ！　んっ、あむ……ごくんっ！」

射精を受け止めたカルミラは一瞬目を丸くして驚いた後、すぐに舌を肉棒の先端に押し当てた。

直接喉にかからないようにしつつ、出された精液を飲み込んでいく。

十数秒後、ようやく肉棒の震えが治まると、口を離して一息ついた。

「んぁ、はぁっ……はふぅ……」

カルミラは、射精を終えて落ち着いた肉棒に一度視線を向けてから、こちらを見上げてくる。

「ジュリアン、初めての性教育の成果はどうだったでしょうか？」

「とても有意義だったと思います。この調子なら、セラフィーヌ様と同じように基本的なテクニックはすぐに身に着けられるでしょうね」

そう言うと、あからさまにホッとしたようなため息を吐いた。

「はぁ……ジュリアンにそう言ってもらえると安心します。これからも頑張りますから、よろしくお願いしますね！」

そして、乱れた服を整えて立ち上がると微笑んだ。

「はい。俺も誠心誠意努めさせていただきます！」

俺も腰を上げて、彼女の前で胸に手を当てて深く頭を下げる。

こうして、俺は無事にカルミラ相手の性教育も始めることが出来た。

しかし、まだ安心することはできない。セラフィーヌとカルミラの性教育はまだまだ続くし、いちばん厄介な相手がまだ始められていないからだ。

それでも、女王陛下から授かった使命を果たすために頑張ろうと思うのだった。

＊　＊

セラフィーヌに加えてカルミラの性教育をするようになってから、さらに一ヶ月が過ぎた。

この頃になると、俺が専属執事の仕事に慣れたことに加えて、彼女たちのほうでも俺の予定に合わせてスケジュールを組んでくれるようになったので、一週間に二、三回ほど指導を行っている。

セラフィーヌのほうはセックスを主にして、様々な経験を積んでいく段階に入っている。

カルミラはまだ前戯の教育を終えたところで、本番はこれからだった。

本来はこれくらいの早さでの教育を考えていたので、すぐに本番までいってしまったセラフィーヌは想定以上だったと言っていいだろう。

そして、性教育を行いつつもちろん表の仕事にも励んでいる。

今日は教育関係の会議だったので、カルミラだけでなく、珍しくセラフィーヌも参加していた。

普段は堅苦しい会議には出たがらない彼女だけれど、優秀な人材を見抜いて育てる才能があるからか教育関係については積極的なようだ。

会議が終わり、王族用の裏の扉からふたりが出てくる。

「セラフィーヌ様。カルミラ様。会議への参加お疲れ様でした。控室のほうにお茶をご用意しております」

ふたりをいっしょに控室へ案内すると、ソファーに対面で座り休んでいるふたりに淹れたてのお茶を提供する。

「ありがとうございます。今日はセラ姉様がいてくれたのでスムーズに進みましたね。姉様も優秀なのですから、普段からもう少しお手伝いしてもらうだけで、もっと仕事が進むのですが……」

「あら、わたしひとりが頑張ってもそう大きくは変わらないじゃない。それより、才能があって優秀な人をたくさん見つけて活用したほうが、何倍もお仕事が進むわよ？」

「それは全体の効率を考えたときの話です。私たちは数少ない王国の方向性を決められる人間なのですから、出来るだけ多くのことに目を通しておかないといけません」

「やっぱりカルミラは真面目さんねぇ。……性教育のときもそうなのかしら？」

「なぁっ!?」

突然性教育のことを切り出されたことで、目を丸くするカルミラ。

そんな彼女の反応を見て、セラフィーヌは楽しそうに笑う。

「ふふっ、反応も素直ね。からかい甲斐があるわ♪」

「セラ姉様！　そのことは秘密ですよ！」

「大丈夫よ、この部屋は特別な魔術で盗聴対策をしてあるもの」

誰かに聞かれていないかと、慌てて扉のほうを見るカルミラを諭す。

そして、彼女自身は落ち着いた様子でお茶の入ったカップに口をつけた。

「ふぅ……ところでジュリアンくん、カルミラの性教育の進捗はどうなのかしら？」

「は、はい。ええと……」

プライベートなことでもあるので話していいか迷い、カルミラのほうを見る。

すると、案の定彼女は涙目になって首を横に振っていた。

いくら信頼している姉妹といえど、性教育のことを知られるのは恥ずかしいらしい。

しかし、セラフィーヌは俺のほうを見ると目を細めて話しかけてくる。

「カルミラとの最初の性教育のとき、わたしが手を回して時間を作ってあげたわよね？」

「……前戯のほうの教育はほぼ終わっていますが、本番はこれからです」

「ジュ、ジュリアンッ!?」

カルミラからしてみれば、俺の対応は裏切りのようにも感じられただろう。

驚愕の表情で悲鳴のような声を上げる。

「申し訳ございませんカルミラ様。セラフィーヌ様には借りがありまして……」

本来なら仕える主人に優先順位をつけるのはいけないけれど、この場合は致し方なかった。

彼女には借りがあるし、使用人という立場としても逆らいづらい。

この場の主導権はセラフィーヌが握っていると考えていいだろう。

「うう……セラ姉様もあまりふざけないでくださいっ！」

「ごめんなさいね、楽しそうだったからつい……」

謝りつつもまったく悪びれる様子のないセラフィーヌ。

しかも、彼女はもう一度俺へ問いかけてくる。

「そういえばジュリアンくん。今度の性教育だけど、普段より少し変わったプレイが経験したいわ。

どうかしら？」

「どうかしら、と申されましても、その……」

恐る恐るカルミラのほうを見ると、赤い顔になっていた。

「わ、私がいるのに性教育のスケジュールの確認ですか!?　恥じらいというものを少しは持ってください セラ姉様！」

「家族の前だから話せるんじゃない。それより、どうかしら。よいアイデアはない？」

セラフィーヌは立ち上がると、俺のほうへ近づいてきた。

そして、片腕を抱きしめるようにしながら胸を押し当てる。

その柔らかい刺激に自然と体が興奮し始めてしまう。

「いちおう、セラフィーヌ様の要望にかなうようなプランもございます。今までは寝室でのプレイのみでしたので、場所を変えて野外でしてみてはどうでしょうか？」

「へえ、いいじゃない！　素敵だと思うわ♪」

ニコニコと笑みを浮かべながら楽しそうにうなずくセラフィーヌ。どうやら気に入ってもらえたようだと一安心するのもつかの間、カルミラが慌てた様子で立ち上がった。

「そ、外でするって言いましたか？　危険です！　もし誰かに見られたら……」

「あら、心配なの？　じゃあカルミラもいっしょに来ればいいじゃない」

「……えっ？」

セラフィーヌの突然の提案に、彼女は文字どおり固まってしまった。

「野外でのセックス、青姦と言ったかしら？　見ておくのもいい経験になると思うわよ。なんなら、いっしょに混ざってくれても歓迎するわ」

「そんなっ！　私はまだ……」

「ああ、そういえばカルミラはまだ処女だったわね。でも、もうフェラやシックスナインくらいは経験しているんでしょう？　そろそろセックスも経験していいころだわ」

「む、むぅ……」

そう言われると自分でも思うところがあったのか、声を上げるのをやめて考え込んでしまった。

セラフィーヌはそれを見て苦笑いしつつ、視線をこちらへ戻す。

「何かあるとすぐ考えこんじゃうのは昔からのクセなのよね。それで、スケジュールのほうはどうかしら？　確か、三日後の午後ならわたしもカルミラも予定が空いていたと思うのだけど」

「はい、セラフィーヌ様のおっしゃるとおり空いています。しかし、カルミラ様はこのままで大丈夫でしょうか？」

「少ししたら復活するわ。それに、性教育にだって参加するわよ。あの娘、普段は難しいことを言ってるけれど、ムッツリなところもあるし」

「セ、セラ姉様ぁっ！」

「あらいけない、聞こえていたみたいだわ。ふふ、じゃあまた後でね！」

カルミラが顔を真っ赤にして捕まえようとしたが、セラフィーヌは思ったより俊敏に逃げ始めた。

部屋から出ていくふたりを見て、俺はため息を吐く。

「ふぅ……セラフィーヌ様がいるとさすがのカルミラ様も調子を狂わせられるみたいだな、恐ろしい人だ。しかし、三日後か……いちおう、俺のほうでも準備しておかないと」

いくつか候補の場所は選定してあるけれど、もう一度人通りの有無のチェックや、清掃などもしておいたほうがいいだろう。

そう考えながらも、スケジュールを確認して次の仕事先であるディアナの下へ向かうのだった。

それから三日後。約束どおり、俺はセラフィーヌに青姦の性教育をすることに。

場所は王城の資材倉庫の裏だ。人通りは少なく多少の声で見つかる可能性は皆無だが、少々汚かったので前日に数時間かけて掃除をしてある。

「ジュリアンくん、お待たせしちゃったかしら？」

「いえ、時間どおりですセラフィーヌ様。それに……カルミラ様もいらっしゃったんですね」

穏やかな笑みを浮かべている彼女の後ろには、少し落ち着かない表情のカルミラが同行していた。

「こんにちはジュリアン。セラ姉様に誘われて……ね」

誘われてと言っているけれど、この分だとなんだかんだと理由を付けて半分強引に連れてこられたのかもしれない。

「来ていただいて光栄です。しかし、あまり気が乗らないようでしたら、お部屋へ戻っていただいたほうがいいのではないでしょうか？　ご無理はなさらないほうがよろしいかと思います」

確かにセラフィーヌとのセックスを見学すれば、カルミラにとっていい経験になるだろう。

けれど、あまり刺激的なものを見すぎて、セックスに悪い印象を持たれてしまうのは良くない。性教育にとって最も避けるべきなのは、そういった恐怖感や嫌悪感だ。

カルミラの指導はここまで順調に進んでいるから、躓くようなことは避けたい。

心配に思っていると、彼女は俺のほうを見てしっかりと首を横に振った。

「いえ、大丈夫です。これも将来のためになるのですから、頑張ります」

こちらに向けられた視線には意気込みが籠っているように感じられる。

どうやら、思った以上にやる気があるようだ。

「失礼いたしました。では、近くで見学していただければと思います。セラフィーヌ様もそれでよろしいでしょうか？」

「ええ、そうね。途中でやる気になったら参加してもいいのよ？」

「私は見ているだけで十分です」

「ふふっ、その考えが変わるのを楽しみにしておきましょう」

セラフィーヌはニコリと楽しそうに笑みを浮かべると、俺のほうへ近づいてくる。

そして、俺の首へ腕を回すとしなだれかかってきた。

「セラフィーヌ様？」

「始めはジュリアン君がリードしてほしいわ。どんなふうにエッチするのかは、あなたに任せようと思うの。考えはあるのでしょう？」

「もちろんです。では、僭越ながら始めさせていただきます」

軽く頭を下げると、俺のほうもセラフィーヌの腰に手を回して抱き寄せた。

ふたりの体が正面から触れ合い、特に豊満な胸が俺の胸板に当たって潰れる。

彼女はすでにやる気十分なようで、熱い視線を向けてくる。

「ねえ、ジュリアンくん……」

その視線だけで彼女が何を求めているか分かった。

すでに二ヶ月近く体を重ねているおかげか、言葉を交わさなくともある程度相手の意志を酌むことができる。俺は腰に回したほうとは別の手で彼女の背中を支えると、口づけをした。

「なっ!?」

横でカルミラが驚くような声を上げたけれど、今はセラフィーヌが優先だ。

最初は唇を重ねてゆっくりと押しつけていく。

それから何度もついばむようにキスを続けて、互いの唇を濡らしていった。

「んっ……はぁ、ちゅっ……ジュリアンくん、もっとして？」

キスの回数が十を数えたあたりで、我慢できなくなってきたのか、深いつながりを求めてきた。

「カルミラ様の前ですけど、いいんですね？」

横目で彼女を見ると、突然キスし始めた俺たちを見てすでに顔を真っ赤にしている。

口がパクパクと動いて、なんと声を発したらいいか分からないくらい混乱しているらしい。

そう言えば、カルミラとはまだキスしたことがなかった。

セラフィーヌは躊躇なく求めてきたけれど、やはりファーストキスくらいは大事な人のためにとっておきたいのだろうか？

性教育を行うルーンヴァリス王家の王女にとって、見初めた相手に純潔を捧げられる可能性は酷く低い。その影響か、一部の王女はファーストキスをその代わりにと考えることがあるようだ。

これは、寝物語にセラフィーヌから聞いた話だった。

「カルミラにとってもいい経験になるわ。だから、ねえ？」

「ええ、満足するまでお付き合いいたします」

俺は笑みを浮かべると、セラフィーヌを抱き寄せてより深くまでキスする。

「んぐ、ぢゅるっ……」

「はふっ、んんっ！　はぁ、これ気持ちいいの……体が熱くなってくるわぁ」

たっぷりと舌を絡ませ、ディープキスを楽しんでいる様子のセラフィーヌ。

俺も、抱きしめた彼女の体の温かさと柔らかさに少しずつ興奮し始めていた。

「セラフィーヌ様は本当に性教育がお好きですね」

「だって、何の憂いもなくこんなにも気持ちよくなれるんだもの。お酒を飲んだり、甘味を食べるより健康的でしょう？　パーティーも楽しいけれど、あまり頻繁に開くと疲れてしまうもの」

「確かに。おっしゃるとおりですね」

彼女の言っていることの意味はよく分かった。

旅商人をした経験がある俺からすると、王城内には娯楽がそれほど多くない。

もちろん様々な美術品や芸能、美食など、普通の貴族や商人では足元にも及ばないほど優雅な暮らしをしている。けれど、マイペースであまり外に出たがらないセラフィーヌは、普通の娯楽はすぐ消費してしまう。

唯一飽きずに楽しめているのが自分の才能を活用した人材育成だけれど、それでも純粋な快楽にはならない。お城の中にいながら楽しめて、三大欲求の一つに直結するセックスは彼女にとってちょうどいい娯楽と言えたのだろう。

「はぁっ、はぁっ……あんっ！　ふぅ、そろそろ十分体も熱くなってきたわ」

互いの口がトロトロになってきた辺りで、セラフィーヌがそうつぶやく。

全身が興奮で上気して、呼吸も少しだけ荒くなっていた。

体のほうも、男を受け入れる準備を始めているのだろう。

「では、本番の前に前戯の復習ですね。どうされますか？」

「そうねぇ……カルミラもいることだし、分かりやすくフェラチオにしようかしら」

「分かりました。では……」

俺は抱きしめていた彼女の体を離すと、建物の壁に背中を預けてもたれかかる。

すると、セラフィーヌが俺の前に膝をついた。

ズボンのベルトを外しながら、横にいる妹のほうへ視線を向ける。

「カルミラ、せっかく来たのだからちゃんと見ていきなさい？」

「は、はいっ！　分かりました。勉強させていただきます！」

姉に言葉をかけられて正気に戻ったようで、しっかりと頷いている。

けれど、まだ顔が赤く視線が泳いでおり、経験の浅さが見て取れた。

そんなカルミラをよそに、慣れた手つきでズボンとパンツを脱がせたセラフィーヌが肉棒を前にしてうっとりした表情を浮かべた。

「うふふっ、一週間ぶりだわ。この日を心待ちにしていたの。たっぷり気持ちよくしてあげるから、楽しみましょうね？」

片手で玉を支えながら、もう片手で竿のほうをやさしく愛撫していく。

この手の動きもかなり巧みで、激しさはないけれどどんどん気持ちよくなってきてしまった。

肉棒が勃起し始めると、それを見た彼女は躊躇なく口を開いて咥える。

「いただきます。はぁむっ！　んぅ、じゅるっ……はぁ、れろっ、ちゅるるるるっ！」

「くっ！　いきなり大胆な動きですね」

肉棒を中ほどまで咥えた状態で舌を動かし、口の中でたっぷりと舐めまわす。

あまり深くまで咥えると舌が動かしづらくなってしまうため、このくらいがちょうどいいようだ。

「んんぐっ……はぁ、ちゅぶっ！」

「す、すごいです……こんなに大胆に……」

フェラチオを見ていたカルミラが、呆然とした様子でつぶやいた。

確かに、カルミラのフェラはこれと比べると上品というか、控えめなものだ。

それでも丁寧な舌遣いのおかげで気持ちいいのだけれど、単純に与えられる快感の量で言えば、セラフィーヌのほうが上だった。

「私も、こんなふうにしたほうがいいのでしょうか？」

自分のフェラと頭の中で比較したのか、カルミラが少し不安そうな表情で問いかけてくる。

「そうとは限りませんよ。自分に合った動きのほうが無理がないですし、テクニックも上達しやすいです」

これだけ大胆に舐められるのは、セックスに積極的で肉棒へ触れるのにも躊躇がないセラフィーヌだからこそだろう。それに比べると大人しい性格のカルミラが同じようにしようとしても、ストレスが溜まってしまうに違いない。

「そうなんですか……ジュリアンがそう言うのなら確かなのでしょうね」

俺の言葉に素直に頷くカルミラ。

性教育を始めてからそれなりに時間が経ったからか、信頼関係を築けている。

性教育に関してならもう、素直に意見を聞き入れてくれるようだ。

そんなことを考えていると、下のほうから声をかけられた。

「んっ、ちゅる、はぁっ……ねえジュリアンくん、そろそろ我慢できなくなっちゃったわ。セックスしましょう？」

視線を下げると、すっかり興奮した様子で熱い吐息を吐くセラフィーヌの姿があった。

どうやらたっぷり肉棒を舐めまわしたおかげで、かなり気分が高まってしまったらしい。

少し目を離している間にさらに興奮して、体にはしっとり汗をかいている。

「セラフィーヌ様のおかげでこっちも準備万端ですよ。では、立っていただけますか？」

「分かったわ。んっ……それで、今日はどんなふうにエッチしてくれるのかしら」

立ち上がり、再び俺の首に腕を巻きつけて顔を近づけてくる。

欲望に染まって熱くなった視線を向けられると、こっちまで体に火がついてしまいそうだ。

「今回は外ですから、姫様に土をつける訳にも参りませんので、立ったままさせていただきます」

「なるほどね。でも、しっかり支えてちょうだい？」

「ええ、もちろんです。気持ちよすぎて失神してしまっても大丈夫ですよ」

「ふふっ、言ってくれるわねぇ。楽しみだわ」

セラフィーヌがニコリと魅力的な笑みを浮かべるのを見て、俺はその場で体を動かして互いに位置を変える。

セラフィーヌを建物の壁に押しつけるようにすると、スカートをめくりあげて右足を持ち上げた。

「きゃっ!?」

これには普段マイペースな彼女も驚いたようで小さく悲鳴を上げた。俺はそれを気にせず、染み出した愛液で濡れたショーツをずらして、秘部へガチガチに硬くなった肉棒を押し当てる。

「あぅっ……すごく熱くて、ビクビク震えてる……ねぇ、はやくちょうだいっ！」

「ではいきますよ。それっ！」

彼女の足を抱えたまま、一気に腰を前に動かした。

肉棒がズルリと膣内に呑みこまれ、そのまま奥まで一気に進んでいく。

セラフィーヌの膣内は興奮で熱くなっていて、肉棒が溶けてしまいそうだ。

ただ、濡れ具合のほうもバッチリなのでスムーズに挿入が進む。

「うぐっ、ひゃあぁっ！　一気に、全部奥までっ……んっ、はぁ、はぁっ……」

一度肉棒が全て膣内に収まったところで動きを止めた。

「セラフィーヌ様、このまま続けても大丈夫でしょうか？」

「ええ、お願い。なんだかいつもよりドキドキして、とっても気持ちよくなれそうだわ」

左右へチラチラと視線を動かしながら、楽しそうに笑みを浮かべる。どうやら野外という環境がいいスパイスになっているようで、膣内も挿入してすぐなのにキュンキュンと締めつけていた。

「確かに、体のほうもかなり興奮しているようですね。続けさせてもらいますよ」

しっかりと彼女の体を支えられているかを確認してから、俺はピストンを始めた。

背後の壁に寄り掛かっている彼女へ、肉棒を押しつけるようにしながら刺激していく。

「あひっ、んぐぅぅっ！　はぁ、ひぁぁっ……」

一定のリズムで腰を前後させると、その度にセラフィーヌが悩ましい声を漏らす。

肉棒が奥を突き上げる度に僅かに歪む表情を見ていると、俺もより興奮していった。

普段はマイペースな彼女が、俺のするままに乱れているというのは見ていて楽しい。

目の前の美女を自分が犯してるという実感が得られるし、このまま遠慮なく犯してしまいたくなる。けれど、その欲望をグッと抑えて声をかけた。

「セラフィーヌ様、具合いはいかがですか？」

「んぅ……とっても気持ちいいわ。ジュリアンくんは上手いわね」

　若干息を乱しながらもまだまだ余裕はあるようだ。

「もっと遠慮せずしてくれてもいいのよ？」

　それは、もっと気持ちよくしてほしいという意味にも受け取れた。

「では、少しだけ好きにさせていただきます」

　俺は思わず口元を緩めると、足を抱えているのとは逆の手を動かす。セラフィーヌの胸元へ移動させる。上着を脱がせた上で胸元もはだけ、その中に仕舞われていた爆乳を解放した。

「あんっ！　そこはっ……」

「気持ちよくなるには、何もピストンを激しくするだけが方法ではありませんからね。それに、セラフィーヌ様の胸はもう立派に性感帯です」

　目の前で露（あらわ）になった乳房は、俺のピストンに合わせてゆさゆさと揺れていた。

　遠慮なく、服を脱がせた手でそのまま爆乳を鷲掴みにする。

「きゃっ、んぅっ……！」

「こんなに大きいのに敏感なんですから、たっぷり刺激してあげないともったいないですね」

「やぁ、手が……んんっ、そんなに揉まれたら跡がついてしまいそう……はぅ、やんんっ！」

　手のひらを目一杯に広げながら、爆乳を揉みしだく。

　こうまでしてもまだ覆いきれないのだから、本当に驚くほどの大きさだ。セラフィーヌがあまり動きたがらないのも、この大きな荷物が原因ではないかと思ってしまう。

　セックスのときに役立つ性感帯だと考えると、これほど素晴らしいものはなかった。

愛撫されている彼女が気持ちよくなるのはもちろん、揉んでいる俺もどんどん興奮していってしまう。

「あぅ、はぁはぁっ……もっと突いてっ、たくさん気持ちよくしてぇっ！」

セラフィーヌの気分もだいぶ高まってきたのか、嬌声が徐々に大きくなる。

今の段階ならまだ大丈夫だけれど、あまり大きくなりすぎると通りがかった人間に聞かれるかもしれない。あらかじめ人通りが少ないことは確認してあるけれど、立ち入り禁止にまではしていないので声を聞かれる可能性はゼロじゃないのだ。

そんなことを考えていると、視界の端で、カルミラがもぞもぞと動いているのに気づいた。

カルミラに感づかれないように、少しだけ視線を動かす。

するとなんと、彼女は俺たちのセックスを見ながら、こっそりスカートの中に手を入れているではないか。

どうやら、見学している内にムラムラしてきてしまったらしい。もしこれが性教育を始めたばかりのころなら、セックスを見せつけられても恥ずかしがるばかりだっただろう。

けれど、多くの快楽を知った今では、目の前で行われている行為がとても魅力的に見えるようだ。

そんな彼女を見て、俺の脳裏に一ついいアイデアが浮かんだ。

「……カルミラ様、どうかなさいましたか？」

オナニーしていることには気づかない振りをしながら、そっと声をかける。

「ッ!?　な、なんでしょうか？」

いきなり声をかけられ、オナニーに夢中になっていたらしいカルミラの肩が大きく震えた。

「いえ、なにやら落ち着かない様子でしたので。もしかして、あまり参考にはならなかったでしょうか」

「そんなことはありませんよ！　とても参考になります！　いずれはこういうことも出来るようにならないといけませんし」

慌てて取り繕うように言う彼女に対して、俺は微笑みかけた。

「では、もしよければ今からでも三人でいっしょにセックスしませんか？」

「……えっ？　今から、三人っ!?」

俺の言葉をまったく予想もしていなかったようで、カルミラは反応が遅れるほど驚いていた。

「で、でも……私はまだセックスの経験がありませんし……」

それでも王女なだけあって、すぐに正気を取り戻してそう答える。

さすがに初体験を、こんな場所でするのは戸惑ってしまうようだ。

「そうですね、無理にとはいえません。しかし、初めに大胆なことを経験しておけば、後の性教育で楽になるかもしれませんよ。ここにはセラフィーヌ様もいますから安心できるでしょうし」

そう言って、視線を目の前の第一王女に戻す。

荒げていた呼吸を落ち着けたセラフィーヌは、俺のほうを見て苦笑いを浮かべた。

「いくら性教育を任されているからって、王女にこんな場所で初体験をさせようだなんて、ジュリアンくんも肝が太いわねぇ」

「お褒めに預かり光栄です。ただ、先ほども言いましたように、あくまで選択肢の一つとして提案しているだけです。おふたりのスケジュールが合えば、後日寝室のほうでセラフィーヌ様に付き添っていただいてもいいのですが……」

「残念だけれど、そう簡単に合わせられないのよね。カルミラ、どうしましょうか？」

セラフィーヌは、あくまでもカルミラの意志を尊重するようだ。

いつもマイペースで執事の俺は苦労させられることもあるけれど、姉妹への優しさもそれなり以上に持ち合わせている。

姉からも問いかけかけられて、カルミラは少しの間悩んでいた。

確かにこんなところで初体験をするのは、上品に育てられた女子にとっては少々特殊な経験だろう。けれど、適当な場所がない田舎のカップルなんかは普通に青姦するので、異常というほどでもない。王女たちが子種を得る相手を選ばないというのなら、経験しておくべきだと思う。

「分かりました、セラ姉様がついていてくれるのなら……」

どうやらカルミラは心を決めたようだ。

「ご英断だと思います、カルミラ様。ではセラフィーヌ様、少し失礼いたします」

「んんっ、せっかくいい気分だったのに……」

肉棒を引き抜かれたセラフィーヌが少しだけ不満そうな顔をする。

けれど、妹のためだと分かっているようでそれ以上は何も言わなかった。

「カルミラ様、こちらに来ていただけますか」

「は、はい」

少し緊張した様子ながらもしっかりと頷き、こちらへ近づいてくる。

セックスの快感で全身を上気させているセラフィーヌを見て、口元をギュッと強く結んだ。

自分もこうなるかもしれないと思っているのだろうか?

「それで……私はどうすればいいのですか?」

キチンと背筋を伸ばして、俺を見つめてくるカルミラ。

一見するといつも通りだけれど、俺は彼女が直前までこっそりオナニーしていたのを知っている。

それなりに興奮しているようだけれど、始めたばかりなので愛撫を重ねたほうがいいだろう。

「では、セラフィーヌ様の横に移動していただけますか。壁のほうを向いて手をつき、お尻をこちらへ向ける形です」

「分かりました」

彼女はすぐに、俺の言われたとおりに動く。

ただ、やはり男に向かってお尻を突き出すような体勢は恥ずかしいのか少しモジモジとしていた。

「あの……このままで、何もしなくていいのでしょうか?」

「カルミラ様は初めてですからね。受け入れるだけでも大変だと思いますので、そのままで大丈夫です」

積極的に俺を求めてきたセラフィーヌは想定外だった。

そのセラフィーヌが、言われてもいないのになぜか、カルミラと同じ体勢になって並んでいる。

俺から見て左にカルミラ、右にセラフィーヌの並びだ。

「……セラフィーヌ様には頼んでいないのですが？」

「もう、仲間外れにする気かしら？」

そんなふうに拗ねたような顔をされると、こちらとしてはお手上げだった。

「仕方ありません。おふたりいっしょにご指導させていただきますよ」

俺はそう言うと、さっそく両手を彼女たちのお尻に伸ばした。

スカートの中に手を突っ込み、下着をずらして秘部に触れる。

「あんっ、いきなり遠慮がないわねっ！」

「ひゃうぅぅっ！　ジュリアンの指がっ……んっ、くぅぅっ！」

セラフィーヌのほうはもう挿入しているから確認するまでもないが、一方のカルミラも俺の予想以上に濡れていた。

どうやら俺とセラフィーヌのセックスを見て、かなり興奮していたようだ。

膣内はもちろん、外にまで漏れ出て愛液が太ももを伝っている。

「いい濡れ具合ですねカルミラ様。これならすぐ挿入できそうです」

「こ、これはっ、その……」

自分が興奮していたのを知られたと思ったのか、慌ててこちらを向くカルミラ。

もともと分かっていたけれど、それにはあまり触れないほうがよさそうだ。

「どうかしましたか？」

「……いえ、なんでもないです。くっ、あぅ……」

「どこか痛くなったり、苦しくなったら言ってくださいね」

「今のところは大丈夫です。それより、なんだか指がどんどん気持ちよくなってしまって……あぐっ、うぁっ！　ダメッ！」

　指先で割れ目に沿うように撫でると、彼女の体がビクッと大きく震えた。

　すると膣内からトロっと愛液が漏れ出てきて、よりエロく見える。

「そろそろ準備はよさそうですね。カルミラ様、お覚悟はよろしいですか？」

「は、はい。頑張ります」

「わたしも横にいるから、心配しないでね？」

「セラ姉様もありがとうございます。ジュリアン、お願いしますね？」

　彼女は一度振り返って、少しだけ不安そうな目で見つめてくる。

　安心させるように微笑むと、俺はセラフィーヌとのセックスで限界まで勃起した肉棒を、第二王女のまだ清純な秘部に押し当てた。

「ひあっ!?　うぅ、大きいですっ……こんなものが中に入るのですか？」

「大丈夫よ、カルミラもわたしとそう体格は違わないし」

「そ、そうでしょうか……」

　まだ少し緊張しているようだけれど、セックスするなら体が熱いうちのほうがいいな。

「カルミラ様、入れますよ」

「はいっ、大丈夫ですから……きてください」

そう言って頷くのを見て、俺はゆっくりと挿入していく。

「ひゃ、んぎゅっ!!　ぐっ、はふぅっ……あぁぁ……ッ！」

ぐぐっと肉棒が膣内に侵入し、その刺激でカルミラが目を見開いて息を漏らす。

「くっ、さすがにキツいですね。でも、このまま奥までいきますよ！」

十分に濡れているので、下手に動きを止めるよりも先に進んでしまったほうがいい。

「はふっ、んぎゅっ……あっ、はぁっ、はぁっ！」

一気に腰を進めると彼女の体がもう一度こわばったけれど、おかげで肉棒が根元まで埋まった。

「もう大丈夫ですよ。全部入りましたから」

「はぅ、んぐっ……お腹の中が奥までいっぱいです。少し苦しいかもしれません」

「初体験おめでとうカルミラ！　慣れてくるとその感覚も癖になっていくわ♪」

「そうでしょうか？　今はそうは思えませんが……ふぅ」

呼吸は少し荒くなっているけれど、セラフィーヌと会話しているところを見ると大丈夫そうだ。

「まだ痛みが残っているようでしたら、このまましばらく慣らしますが。いかがしましょう？」

「大丈夫です。少ししびれるような感覚がありますが、そのうちに慣れてくると思いますので」

もう声のほうはだいぶ落ち着いていて、確かに大丈夫そうだった。

「では、続けさせていただきますね」

俺はカルミラのお尻を左手で抱えると、ゆっくりしたリズムで腰を動かし始めた。

「はっ、んっ……あんっ！　……はぁぁ、ひうぅぅっ！」

そのままピストンを続けていくと、少しずつだけれど彼女の声が高くなっていくのが感じられた。

どうやらきちんと快感を得られているようだ。

始める前からたっぷりオナニーをして、体がほぐれていたおかげかもしれない。

「さすがわたしの妹ね。セックスにも、もう慣れてきたみたい」

横でその様子を見ているセラフィーヌは、ニコニコと笑っていた。

彼女としても、妹が無事に初めてのセックスができて一安心というところだろうか。

ただ、そこで終わらないのがセラフィーヌだった。

「ねえ、ジュリアンくん。カルミラの相手をするのはもちろんだけれど、わたしのほうを放置されると寂しくなっちゃうわ」

俺のほうを見つめながら、煽るようにお尻を左右に揺らしてくる。

「それとも、さっきふたり同時に頑張ると言っていたのは空耳だったかしら？」

「そんなことはありませんよ。しっかりお相手をさせていただきます！」

改めて気合を入れ、カルミラを犯しながらも空いている右手でセラフィーヌを愛撫する。

挿入した指で膣壁を撫でるように刺激すると、豊満なお尻がピクピクと震えた。

「んぅ、ひゃんっ！　わたしの中、指でかき回されちゃってるわっ！　それ、気持ちいいっ……もっと太いのもちょうだいっ！」

「では二本でいかがですか？」

「きゅっ、ひゃあぁぁっ！　いいわっ、すごく気持ちいいのっ！」

膣内で人差し指と中指を別々に動かし、複雑に刺激していく。

どうやらセラフィーヌにも満足してもらえたようだ。

なんとか姉妹を相手にしてもやっていけそうだと思った俺は、そのままいっしょに犯していく。

腰を振ってカルミラの処女膣を突きほぐし、互い違いに指を動かしてセラフィーヌの中を愛撫する。城内の静かな倉庫裏にふたり分の嬌声が響き、普段とは違う淫靡な空間へ変わっていった。

「ひゃっ、はふぅぅっ！　んんっ、激しいのっ……あああぁぁあぁぁぁっ!!　指が気持ちいいのっ、もっとしてぇっ！」

「こ、こんな場所なのにっ……あひぅっ！　んはっ……声が漏れちゃいますっ……あぁぁ！」

セラフィーヌのほうはもう何度も行為を重ねて慣れているからか、多少刺激を強くしたくらいならすぐ快感へ変わってしまうようだ。カルミラもこの短時間でセックスに順応してきたようで、すでに快楽のほうが多いみたいだ。

「おふたりともだいぶ乱れてきましたね。外でしているのに、そんなに声を出していいんですか？」

「あう、はぁはぁっ……そ、それを、連れてきた本人が言うのかしら？」

荒く息を吐きながら、セラフィーヌが振り返って俺を見つめてくる。

言葉こそ俺を咎めるものだけれど、彼女はこの状況を楽しんでいるようだった。

「セラフィーヌ様が、『少し変わったプレイを教えてほしい』と言ったからですよ」

「わ、私は巻き込まれただけでっ……あっ、ひゃうううぅぅっ！　今度はこっちに指がぁっ!?」

カルミラの中から肉棒を引き抜き、指での刺激を続けながら、今度はセラフィーヌへ挿入する。

「んぅっ、はうぅっ！　ああ、やっぱりこの、奥まで埋められる感覚がたまらないわ！」

羞恥心でいつもより濡れているようで、一瞬で奥まで入ってしまった。

そのまま、腰を止めずにセラフィーヌを犯しにかかる。

「はぁ、はぁっはぅっ！　体がどんどん熱くなって、頭がボーっとしてしまうわ……」

「わ、私もですセラ姉様。こんなに気持ちいいのは初めてで、もうイってしまいそうですっ！」

どうやらふたりとも絶頂が近づいてきているらしい。

「イキそうですか？　なら我慢しないでください」

そう言いながら、より一層腰と手を動かしてふたりを犯す。セラフィーヌとカルミラの体へ交互に肉棒を挿入して、興奮で熱くなった体を限界まで責め抜いた。

「こ、こんなに気持ちいいの初めてっ！　もう我慢できないわっ！　イっちゃうのぉおっ！」

「ひぃっ、あうぅぅっ！　イクッ、もうイキますっ！　ひゃうっ、ううううぅっ！」

彼女たちの体が快感でビクビクっと震え、絶頂に向かって駆けあがっていく。

膣内もヒクヒクと蠢き、精液を搾り取ろうと肉棒を締めつけていた。

そして、その震えが一気に大きくなる。

「くっ……俺もイキますよっ！」

絶頂の瞬間、ふたりの膣内は俺のものを限界まで締めつけてきた。

こらえきれず、欲望があふれ出しそうになるのを感じるのと同時に、目の前でふたりが絶頂する。

「もうくるっ、きちゃうのっ！　イクゥッ！　あぁっ、あううううぅぅぅっ!!」

「はぁっ、はぁぁぁあああぁっ！　イキますっ、イクッ、イクッ、ひゃうううううぅぅぅぅうっ!!」

ビクンビクンと震えながら、大きな嬌声を漏らす。

絶頂と共に全身がこわばって、ふたりとも最高の快楽に襲われていた。

セラフィーヌもカルミラも、どちらも今まででいちばんの快感に、理性が吹き飛んでしまったようだ。そんな淫らな王女様たちの膣内に、交互にしっかりと射精する。イッた直後に精液で膣内をいっぱいにされながら、姉妹並んだままでヒクヒクと体を震わせていた。

「はひぃ、はぁっ……もうダメ、一歩も動けないわ……」

「ううっ……はふ、はぁっ……」

セラフィーヌはまだ喋るだけの余裕があるようだけれど、カルミラは完全にダウンしている。

俺がしっかりと腰を支えていないと、崩れ落ちてしまいそうだ。

ふたりとも共通しているのは、股間から俺が中出しした精液を垂れ流しているということ。

特上の名器と言っていい肉体のおかげか、普段より数割増しの勢いで射精してしまったようだ。

性教育をする以上は避妊の手段は用意してあるけれど、自分でも少し引いてしまうくらいだった。

「おふたりとも、大丈夫ですか？」

「わたしは大丈夫よ。でも、カルミラは……」

セラフィーヌは壁から手を離して服装を整えると、隣の妹を見る。

彼女はまだ壁によりかかるような体勢のままで、立ち直っていなかった。

「セラ姉様……うぅ……」

「これはダメそうね。ジュリアンくん、悪いけれど部屋まで運んであげてくれるかしら？」

「はい、承知いたしました。お任せください」

「お願いね。わたしはそろそろ移動しなくちゃいけないし。でも、無事カルミラがセックス出来るようになってよかったわ」

姉王女はそう言うと、何事もなかったかのように立ち去った。

そう言えば、セラフィーヌはこれからスケジュールが入っていたな。本来なら執事としてついて行くべきだろうけれど、カルミラを任された以上、こちらが優先だ。

「カルミラ様、しっかりなさってください」

「すみません、手間をかけさせてしまって……」

ずっと抱えている訳にはいかないので、地面の上にタオルを敷いていったんそこに腰を下ろしてもらう。カルミラもそれでようやく緊張が解けて、少し落ち着いてきたようだ。

「私、ちゃんと出来たでしょうか？　している最中は必死だったので、よく覚えていないのですが」

「カルミラ様は立派に初めてのセックスをこなされましたよ。セラフィーヌ様も安心していました」

「セラ姉様が？　そうですか、それはよかったです。途中から乱入してしまったので、怒られないかと少し不安だったんです」

「セラフィーヌ様はそれほど心の狭い方ではありませんよ。カルミラ様にならなおさらです」

そう言うと、彼女も納得したように頷く。

「そうですね。でも、後でお礼を言いに行かないと。いっしょに来てくれますか？」

「もちろんです。何なりとお申し付けください」

父親がいないからか、王女たち姉妹の絆はかなり強い。

今回はそれが有効に働き、カルミラは無事に処女を卒業することが出来た。

しかし、いつもそう上手くいくとは限らない。

残りの懸念材料は、末妹のディアナだった。今のところは普通に執事として扱ってくれているけれど、性教育のことを切り出したらどうなるか分からない。

そしてその懸念は、現実のものとなってしまう気がした。

＊　＊

カルミラが無事に処女を卒業してから、さらに一ヶ月ほどが経った。

彼女との性教育はその後無事に進展して、今は一週間か二週間に一回ほどのペースでセックスしている。そのほかにも色々なテクニックを学んでおり、もうすぐ基本のものはだいたいマスターできるだろう。

一方のセラフィーヌだけれど、こちらも相変わらずで性教育を続けている。

俺が教えられることは指導済みで、あとは学んだ技を実践して自分のものにするだけだ。

その上でセックスを純粋に楽しんでいる面もあり、体を重ねる頻度はカルミラより多い。

そんな感じで、第一王女と第二王女の性教育についてはかなり順調だった。

途中経過の報告として女王陛下にお目通りしたときにも、結果に満足していただいている。

ただ同時に、まだディアナへの指導を始められていないことを危惧されてしまった。

「困ったなぁ。姉姫のふたりが順調にいきすぎていたから、どうすればいいか分からない」

俺は自室でひとり、椅子に座って頭を抱えていた。

正面から提案するのは、たぶん論外だろう。

カルミラは生真面目な性格で俺の言葉を聞いてくれる冷静さがあったけれど、ディアナにそれは望めない。俺はここ最近、ディアナの元で仕事をしたときのことを思い出す。

「ジュリー、予定より五分も遅れているわ！」

「申し訳ございません」

その日は、王家が主導して建造した大型船の進水式だった。

ルーンヴァリス王家はこういったイベントにはあまり顔を出さないが、ディアナは王族の中でも特に活動的だ。懇意にしている貴族や商人との付き合いもあり、色々な事業のスポンサーや団体の名誉理事を務めている。

「まったく。そんな仕事ぶりで、姉様たちのお世話をきちんと出来ているのかしら？　なんであなたが、わたくしたち三人の専属執事なのかしらね……」

帰りの馬車の中、畏まって頭を下げる俺を見て不満そうな視線を向けてくる。

女王陛下に似てキツめの目がさらに細められ、思わず緊張してしまう。

「それで、このあとは？」

「はい。まずは城に戻り、コーデ……」

「コーデリッツ伯爵との面談を一時間、でしょう？　そのあとはお姉様たちと夕食で、お風呂に入って少しのんびりしてから就寝。予定だけなら、言われなくとも分かっているわよ」

言葉の途中で、ディアナがかぶせるようにそう言った。

確かに、彼女もカルミラには劣るけれど優秀な頭脳を持っている。

何を決めるにも即断即決なせいでミスが目立つけれど、すぐに判断できるのは頭の回転が速い証拠だ。もちろん自分のスケジュールくらいは、完璧に把握しているだろう。

なぜあえて俺に問いかけるようなことをしたかというと、単に嫌がらせだった。

「ふん……最近のあなた、セラ姉様やカルミラ姉様と仲良くしていて生意気なのよ。もう少し自分の立場をわきまえたら？」

どうやらディアナは、俺と姉ふたりの雰囲気が良いのが気に入らないらしい。

確かに性教育の件もあって、ふたりと過ごす時間はディアナの倍は多いだろう。

けれど、今ここでそれを説明するわけにもいかない。

それなりの速さで走っている馬車の中から蹴りだされそうだ。

「申し訳ございません」

「貴族どころか、元々はルーンヴァリスの民でもないジュリーが王族の執事だなんて……まったく、お母様は何を考えているのかしら？」

窓の外を見つめて、ため息を吐くディアナ。

俺はその姿を横目に、ひっそりとスケジュールの調整や面談などのアポイントメントの整理をする。彼女との主従関係はそんな感じで、お世辞にも良いとはいえなかった。

それでも俺はディアナも含めた王女たちの専属執事で、性教育係だ。

なんとかしなければならない。

ただ、有効な解決策が思い浮かばずに時間だけが過ぎていってしまう。

そんなある日、俺はセラフィーヌとカルミラのふたりに呼び出された。

要件は、性教育について話し合いたいということだ。

セラフィーヌの部屋に向かうと、すでにふたりが待機していた。

ふたりともベッドの脇に置かれた椅子に腰かけて、机を挟んで向き合っている。

「セラフィーヌ様、カルミラ様、お呼びでしょうか？」

「よく来てくれたわね、ジュリアンくん。今日は少し相談があるの。ディアナのことでね」

彼女の名前を出されて、俺の心臓が一度ドキッと大きく跳ねた。

「ディアナ様ですか」

「そのとおりです。私とセラ姉様の性教育は順調ですが、ディアナにはまだ始めてすらいませんよね？　昨日ディアナと話してみましたが、その様子はなかったですし」

「まあ、あの子の性格じゃ難しいのは分かるわ。でも、いつまでも放っておくわけにもいかないものねぇ」

ふたりの指摘に俺は頭を低くするばかりだった。

性教育という使命を授けられていながら、ディアナに関しては完全に滞ってしまっている。

まだセラフィーヌとカルミラという実績があるから不問にされているけれど、あまり進展がないようなら、女王陛下直々に叱咤されてしまうかもしれない。

あるいは、それすらなく不要だと言われてクビにされてしまったり。

けれど、俺だって何もしなかったわけじゃない。

「畏れながら……。何度かディアナ様と関係の改善を試みたのですが、まったく相手をしてもらえず……どうしたらよいか困っているのです」

彼女が俺を快く思っていないのには、いくつか理由がある。

一つは国民でもない俺が、王女専属の執事に取り立てられたことだ。

そして、もう一つは俺がセラフィーヌやカルミラと単なる主従以上に仲良くしていること。

前者についてはどうしようもないが、後者についても性教育がある以上接触しないわけにはいかず、難しい。

「もしや、セラフィーヌ様には何か妙案がおありですか？」

そう聞くと、彼女はニコリと笑みを浮かべた。

「面倒に説得しなくても、手っ取り早くて手間もかからない方法があるわ。わたしたち、ジュリアンくんには執事としても性教育でもお世話になっているから、少し手伝えないかと思ってるの。ねえ、カルミラ？」

「は、はい。ただ、これでうまくいくかどうかはかなり不安なのですが……」

「大丈夫よ、ディアナはわたし達に甘いんだから。ね、ジュリアンくんも協力してくれるかしら？」

「ええ、もちろんです。俺に出来ることなら、お申し付け下さい！」

そう言うと、セラフィーヌは満足そうに頷く。

「じゃあ、今からわたしたちとエッチしましょう？」

「……はっ？　ど、どういうことですか!?」

いきなりのことで驚いている俺に、申し訳なさそうな表情をしたカルミラが近づいてくる。

「いきなりすみません。でも、多分これがいちばん効率がいいと思います」

そして、ふたりも同時にベッドへ上がってくる。

俺は立ち上がった彼女たちに肩を掴まれ、横にあったベッドへ押し倒されてしまった。

「カルミラ様まで!?　そんな……ぐあっ！」

ともに上着を脱いで、服をはだけながら。

目の前で彼女たちの真っ白い柔肌が露（あらわ）になっていき、俺の中で興奮が強くなっていった。

「ふふっ、驚いているけれどここは正直ね」

俺の右側に位置したセラフィーヌが、胸元を寄せてアピールしてくる。もともと爆乳サイズなのに、狙って大きく見せるようにしているから視線がくぎ付けになってしまった。

「もう、ジュリアンはセラ姉様の胸を見すぎです！　私のほうも見てくださいっ！　私だって、負けてないんですから！」

「うぐっ！」

左側に陣取ったカルミラが、俺の頭に手を回して自分のほうを向かせる。

彼女はすでに胸元もはだけて、見事な美巨乳を晒していた。

黒い服と白い柔肌のコントラストが特徴的で、特に深い谷間に目がいってしまう。

「うふふ、カルミラったら張り合っちゃって可愛いわね。そんなにジュリアンくんのことが気に入ったのかしら。将来のお姫様のパパ候補にする？」

「えっ!?　そ、それはっ……」

彼女は一瞬戸惑ってから、赤くした顔で俺を見下ろす。

「ジュリアンにはただでさえお世話になっているのに、これ以上負担をかけるわけにはいきません」

「相変わらず謙虚ねぇ。まあいいわ、今日ばかりはお話しに夢中になっているわけにはいかないし」

「はい、そうですね。少し急がないといけません」

「急ぐですって？　いったい何をそんなに急ぐんですか？」

不自然に思って問いかけると、セラフィーヌが唇に人差し指を当てる。

「まだ秘密よ。そのときがくれば分かるわ。それより、今は三人でいっしょに気持ちよくなりましょう？」

さらにセラフィーヌの体が寄ってきて、胸が体に押しつけられる。

確かに、これは他のことを考えている様子はなさそうだと思った。

それから、俺と姉妹はベッドの上で淫らに絡み始める。

今のふたりには、学んだことを実践して俺の体の反応を試そうという意図があるようにも見えた。

「ジュリアンも私たちの体を触って。いっしょに気持ちよくなりましょう？」

「カ、カルミラ様まで……くっ、ううっ！」

普段真面目な彼女も今日は大胆だった。

セラフィーヌに倣って俺の体に胸を押しつけながら、片手で服越しに股間を撫でてくる。

愛撫には程遠いけれど、明らかに男の欲望を挑発するような生ぬるい刺激に俺は我慢できなくなった。

「では、おふたりとも性教育の繰り上げ授業です。しっかり学んでいってくださいね！」

俺は両腕を動かすと、ふたりの腰に手を回してそれぞれ抱きしめる。

そして、言われたとおり容赦なく愛撫を始めるのだった。

それから二十分ほど経つと、ベッドの上にははだけた服装のまま全身を興奮で火照らせたふたりが出来上がっていた。

「はぁっ、はぁっ、はふぅぅ……。今日のジュリアンくん、いつもより大胆だわ」

「ううっ……煽るようなことを言ってしまったのがいけなかったでしょうか？」

セラフィーヌもカルミラも、仰向けになってダラッと四肢を投げ出している。

手足に上手く力が入らないほどの興奮を与えた証拠だった。

ちなみに、俺のほうも彼女たちに服を脱がされて下着一枚になってしまっている。

「申し訳ございません、つい夢中になってしまって……」

そう謝りつつも、あんな誘われ方をしたらどんな男でも理性を飛ばしてしまうと思っていた。

そのとき、俺の背後で部屋の扉がガチャっと音を立てて開いた。

「はっ？　誰が……」

慌てて振り向くと、中に入ってきたのはディアナだった。

「セラ姉様、相談があるとのことでしたが何を……えっ？　はぁぁっ!?」

「ディ、ディアナ様！　どうしてここに!?」

「それはこっちのセリフよ！　セラ姉様たちもジュリーも裸で、どういうことなのっ!?」

俺も彼女も予想外の展開に慌ててしまっていた。

それなりの胆力があると自負していたけれど、この展開はさすがに冷静ではいられない。

見ようによっては俺が王女たちを襲っているように見えてしまうだろうし、少なくともディアナは間違いなくそう見えているだろう。

一瞬で脳裏に、首を飛ばされている自分の姿が思い浮かび、背筋に冷たい感覚が走る。

「こっ、これには深い訳があります！　女王陛下の使命で王女様方に性教育を……」

「問答無用よ！　不敬罪ですぐ、この場で処刑してあげるわ！　残念だけど剣がないから、魔術で丸焼きにしてあげる！」

今までにないほど怒りに満ちた顔のディアナは、俺に手のひらを向ける。

俺も魔術を使えるから分かるけれど、彼女の右腕を伝って魔力がそこに集まっていった。

「くっ……ダ、ダメだっ……」

昔のクセで咄嗟に反撃してしまおうと右手を動かしてしまい、それを左手で押さえる。

ならば回避しようと考えたけれど、背後には無防備なふたりがいて避けられない。

そうこうしているうちに、こちらに向けられた右手のひらに炎が発生した。

「せめて苦しむ時間が短くてすむように祈りなさい。ファイアー……」

「ディアナ、そこまでよ！」

そのギリギリのタイミングでセラフィーヌが体を起こし、俺と彼女の間に割って入った。

「なっ⁉　セラ姉様、どうしてわたくしを止めるの⁉」

目の前に出てきた姉の姿に、慌てて魔術を中断するディアナ。

とっさに中断できるのは、魔術の扱いに慣れている証拠だ。

「この男は、姉様たちに狼藉を働いたのですよ？　即刻処刑するのが妥当です！」

「ディアナ、落ち着いて話を聞いてください。私たちは乱暴されていませんから、大丈夫です」

「カルミラ姉様まで⁉　でも、その格好は……」

ふたりはディアナの前に出ると、乱れた服もそのままに話しかける。

どうやら、俺は少し大人しくしておいたほうがいいようだ。

「いい？　ジュリアンくんはお母様にわたしたちの性教育を任されているの」

「性教育の対象には、ディアナも入っています。貴女も王女ならば、いずれはセックスのテクニックを学ばなければいけないことは分かっていますね？」

「それは分かっていますが……。では、わたくしもあの男から、それを学ばなければならないというのですか!?」

どうやら敬愛するふたりの姉の言葉であっても、ディアナには受け入れがたいようだ。

その様子を見て、俺は自分で相談しなくてよかったと思っていた。

もしセラフィーヌとカルミラのいない場所で性教育の話題を切り出していたら、間違いなく焼き殺されていただろう。

「た、たとえお母様からのご命令でも、そんなことを……ううっ……」

ディアナはぐっと唇を結んで、どう解答すべきか迷っているようだ。

そんな彼女に、セラフィーヌが一つ提案する。

「ディアナが悩むのもよく理解できるわ。だから、今日は見学だけしていかない?」

「それはもしかして、セラ姉様たちの性教育を見るということですか?」

「ええ、そうよ。それだけでもダメなのかしら……」

そう言うと、少し落ち込んだ様子を見せるセラフィーヌ。

これは、姉を敬愛しているディアナには効果抜群だった。

一瞬だけ視線を左右に動かして迷う様子を見せたけれど、最終的には頷く。

「ね、姉様がそこまで言うのなら……。ですが、間違ってもセックスしたりはしませんからね!」

「ええ、それで十分よ。ありがとうディアナ」

顔を上げたセラフィーヌは笑みを浮かべ、ディアナの頭を撫でる。

「んうぅ……ふふっ、もっと撫でてください姉様っ」

すると、先ほどまで怒った表情だった彼女が幸せそうな笑みを浮かべた。

「ディアナ様のあんな表情、初めて見た……」

「あの子は本当に、私たち姉妹相手だと素直ないい子なのですが……」

いつの間にか俺の隣に戻ってきたカルミラが、そう言って苦笑いしていた。

「話の流れですと俺はこのあと、おふたり相手にセックスすればいいんですね？」

「はい。少し大変かもしれませんが、お願いしますね」

「大丈夫です、俺の務めですから」

それに、カルミラにこうお願いされると自然とやる気が出てくる。

「ジュリアンくんも準備できているみたいね。騒がしくしてしまったけれど、任せていいかしら？」

「はい、セラフィーヌ様。おふたりいっしょということですから、少し試してみたいこともありますし」

「まあ、楽しみね♪　ディアナもベッドに上がって近くで見てみたら？」

セラフィーヌが手招きすると、彼女は渋々といった様子でこちらに上がってくる。

「セラ姉様のお願いだから今日は見逃すわ。でも、下手な真似はしないほうがいいわよ」

「心得ております。では、お二方はこちらへ」

俺はふたりの肩に手を回して、ベッドの中央へ誘導する。

そして、先ほど思い浮かんだプランを提案した。

「まあ、面白そうね！　カルミラ、どうかしら？」

「少し大胆ですね……でも、初めてのときに比べればそれほどでもありません」

どうやらふたりも乗り気のようで、少し安心する。

「では横になってください。セラフィーヌ様は仰向けで、カルミラ様はその上へ四つん這いに」

俺が指示すると彼女たちはそのとおりに動き、上下で重なった姉妹丼が出来上がる。

俺からはしっかりと、お尻が重なっている部分が見えてとても迫力があった。

「こ、こんな格好でするの!?　大事なところが丸見えじゃないっ！」

「セックスするのですから、秘部が見えるのは当たり前ですよ。もちろん慎ましやかなセックスを好まれる方もいるでしょうが、俺が教えているのは男性を虜にするためのセックスですので」

そう説明すると、俺はさっそく肉棒をセラフィーヌの秘部へ挿入していく。

「やぅっ、ひゃあぁぁっ！　くるっ、中にぃ……最初はわたしを選んでくれたのね？」

いきなりの挿入に少し驚いたような悲鳴をあげるセラフィーヌ。

しかし、さすがにいちばん経験豊富なだけあって、すぐ慣れてきたようだ。

膣内も先ほどの愛撫から十分濡れたままだったので、セックスにも支障がない。

「セラフィーヌ様も凄いですよ。大丈夫だとは思っていましたが、こんなに楽に飲み込んでしまうなんて。しかも、もう俺のものに合わせて締めつけています」

セラフィーヌの膣内は今まで味わったどれより熱く、そして柔らかい。

まるで淫肉の海に肉棒がおぼれているようだ。

「ジュリアンくんとたくさんエッチしたから、形を覚えちゃったのかも。んぁっ、あんっ！　もっと動いてっ！」

彼女の求めるまま、大きく腰を動かして犯していく。

パンパンと、体同士がぶつかる音が寝室に響いた。

チラッと横を見ると、ディアナが顔を赤くしていくのが分かる。

それに気づかないふりをしながら、今度はカルミラの秘部へ手を伸ばした。

「ひゃっ、私も……あっ、んくぅぅっ！」

指を割れ目に沿って動かし、焦らすように刺激していく。

すると、カルミラは甘い刺激を感じて切なそうに指をくわえた。

「ジュリアンの指、気持ちいいですっ……でも、もっと大きいのが欲しいですっ！」

そう言いながら、自分の下で俺に犯され、喘いでいる姉を羨ましそうな目で見る。

「セラ姉様、そろそろ代わってください！　私、もう我慢できないですっ！」

「あんっ、はぁっ……仕方ないわね。ジュリアンくん？」

「ええ、分かっていますよ」

彼女の中から肉棒を引き抜くと、すぐカルミラへ挿入した。

「あひぅぅっ！　きたっ、きましたっ！」

カルミラはビクッと背筋を震わせ、甘い声で念願の挿入を喜んでいた。

姉より少し強めの締めつけで、俺を逃してなるものかと抱きしめてくる。

その動きを微笑ましく思いながら、遠慮なくピストンし始めた。

「はうっ、これぇ……ズンズンって奥まで突かれるの、気持ちいいです！」

「カルミラ様も、すっかりセックスを楽しまれるようになりましたね」

「ジュリアンが上手に教えてくれたおかげです。でも、まだセラ姉様ほど上手くはないので、たくさん教えてくださいね？」

俺は頷くと、彼女の腰を抱えてより激しく打ちつけた。

「んぁっ！　ひゃ、ひんっ！　これ、すごく気持ちいいですっ！　目の前で見られているのって、少し不思議な気分ですけど、セラ姉様なら嫌じゃないです」

「わたしもよカルミラ。もっといっしょに気持ちよくなりましょうね♪」

それから、俺はふたりを交互に犯していった。

セラフィーヌを犯している間はカルミラを愛撫して、少し時間をおいてその逆をする。

片方と思い切りセックスするほうが、快感が溜まるスピードは早い。でも手間が掛かる分、ふたりの王女を同時に犯しているという充実感はすごかった。

そして、俺たちの行為を見ていたディアナにも変化が現れる。

「こ、こんなことを……わたくしにも出来るようになれというの？　無理よ、絶対無理っ！」

「ディアナ様、初めから無理だと決めつけないでください」

「姉様たちを犯していい気になっているジュリーには、何も言われたくないわ！」

一日動きを止めて話しかけたけれど、まだ怒りは残っているようだ。

彼女にキッと睨まれると、少し興奮が萎えてしまう。

それでも諦めず、真剣にディアナへ俺の覚悟を伝えた。

「確かに楽しんでいないとは言えませんが、これでも真剣です。ディアナ様も立派にルーンヴァリス王家の女性に相応しくなれるよう、性教育させていただきます。俺の身命を賭して！」

「むぅ……そこまで言うのね……」

必死な説得が功を奏したのか、どうやら少しだけ俺の話を聞いてくれるようだ。

チャンスだと思い、少し大胆な提案をしてみる。

「もしよろしければ、ディアナ様も気分を体験してみませんか？　もちろんセックスまではしませんが、煩わしい服を脱いで、もっと近くで雰囲気を味わってみてはいかがでしょうか？」

「わ、わたくしにここで服を脱げというの!?」

俺の言葉が気に入らなかったのか、また目を吊り上げるディアナ。

さっきの状況に逆戻りしてしまうかと危惧したが、ここでカルミラから援護射撃が飛んでくる。

「ディアナ。私やセラ姉様もほとんど裸なのですから、恥ずかしくはありませんよ。いっしょにお風呂へ入っているようなものだと思えばいいのです」

「でも、ジュリーは……」

同じく裸な俺のほう、正確には俺の下半身へと視線を向けて躊躇うような様子を見せる。

けれど、数秒で決断したのか自分で服を脱ぎ始めた。

「これは王女の使命なのだから、仕方なくジュリーの前で裸になるの。でも、勘違いしてジロジロ見るようなことがあれば、タダじゃおかないわ！」

俺が深く頷くと、彼女もようやく納得したようでその肢体を晒す。

さすがセラフィーヌとカルミラの妹だけあって、とても素晴らしいスタイルだった。

大きく成長した胸と腰回りに、キュッとくびれたお腹。

赤い髪がよく映えるシミ一つない白い肌も、思わず触れたくなってしまいそうだ。

これでまだまだ、発展の余地があるというのだから恐ろしい。

数年後には、セラフィーヌをも上回るスタイルを手に入れているかもしれないな
「……あまり見ないでと言ってるのに」

俺の視線に気づいたのか、鋭い視線で睨んでくるディアナ。慌てて目をそらした。

「も、申し訳ございません。俺はセラフィーヌ様たちの相手に集中しますので、ディアナ様は近くに来て見学していただけると幸いです。セックスの様子もよく分かると思いますので」

「ええ、そうね。もちろん、ジュリーが姉様たちに変なことをしないかも監視しているわよ」

「ディアナ様のお手を煩わせないよう、気を付けます」

それから、俺はまた姉ふたりのほうを向いてセックスを再開した。

彼女たちの体も興奮でかなり熱くなっていて、本能的に子種を欲しているようだ。

肉棒を再挿入すると、待っていたとばかりにヒダが絡みついてくる。

「ひゃう、はぁんっ！　いいわ、もっときてっ！　このまま最後まで犯してほしいのっ！」

「ジュリアン、私の相手も忘れないでくださいね？　たくさん気持ちよくなってもらえるように頑張りますからっ……あひっ、んきゅうぅぅっ！」

セラフィーヌに入れればカルミラが、カルミラに入れればセラフィーヌがもっと欲しいと求めてくる。まさにハーレムの主になったような気分で、内心ではこの上なく興奮していた。

これが性教育でなければ、このまま一晩中犯してふたりを孕ませてしまいたいとさえ思う。

その気持ちが動きに影響したのか、徐々にピストンのスピードも速くなっていく。それでもセラフィーヌたちは悦ぶばかりなのだから、セックスには完全に順応しているとみてよいだろう。

「そ、そんなにお尻へ腰を打ちつけて……こんなに激しくするのが普通なの？」

俺の左隣にいるディアナが、姉たちの乱れる姿を見て驚いていた。

確かに、普段の王女たちからしたら信じられない姿だろう。

「はっ、ふぅ……人にもよりますが、これは普通より少し激しめですね。もっとゆっくりとした、スローなセックスもありますよ」

「そうなのね、少しだけ安心したわ。いきなりこれをやれと言われてもさすがに無理だもの。でも、こんなにしちゃって、セラ姉様たちは大丈夫なの？」

「怪我をする心配はございません。ただ、少しお尻は赤くなってしまうかもしれませんが」

「まあ、これだけしていればね。姉様たちも痛くはなさそうだし。……それどころか、すごく気持ちよさそう」

ディアナの視線の先で、セラフィーヌとカルミラが、いかにも気持ちよさそうな蕩け切った表情を晒していた。

セラフィーヌはともかく、普段から真面目なカルミラからは想像できない表情だ。

さすがのディアナでも、姉たちがセックスを楽しんでいることを否定できない。

「カルミラ姉様、セックスは気持ちいいですか？」

「ええ、気持ちいいですっ！　ジュリアンの太いものが奥まで入ってきて、んぁっ、あんっ！　お腹の中がかき回されちゃうのが好きなんですっ！　ひゃうっ、ひっ、あぁぁぁっ！」

「ッ!?　カ、カルミラ姉様……」

ぐっと腰を突きだすのに合わせて、カルミラが大きな嬌声を上げた。

それを間近で見たディアナは、大きく目を見開いて驚いている。

「はぁはぁ……ディアナもジュリアンに気持ちよくしてもらったらどうでしょう？　すごく気持ちいいですよ」

「わ、わたくしがジュリーに？　そんなこと……」

彼女は胸元を腕で隠しながら、チラチラとこちらを見てくる。

どうしていいか迷っているようだ。

「ううっ……こんな奴に触れられるのは気に入らないけれど、性教育が王女の義務というのは確かだわ。将来女王になるには必須だもの。それになにより、カルミラ姉様の勧めを断るわけにも……ええい、仕方ないわね！」

何やらひとりであれこれと考えていたようだけれど、ついに決断したようだ。

ディアナは俺の左手を掴むと、自分のほうへ引き寄せた。

「ジュリー！　あなたにわたくしの体へ触れるのを許可するわ。でも、使っていいのは左手だけよ。

あと、下手な真似をしたらすぐ丸焼きにしてあげるからっ！」

恥ずかしさで顔を赤くしながらも、クギを刺すように鋭い視線を向けてくるディアナ。

その姿を少し微笑ましく思いつつ、彼女に向かって頭を下げた。

「かしこまりました。誠心誠意お世話させていただきます」

「わたくしがやめなさいと言ったらすぐ手を止めるのよ、分かっている？　男に触れさせるのは初めてなんだから……ひゃっ!?」

俺はさっそく、許された左手を使って彼女の体に触れていく。まずは背中から。いきなり胸や秘部に触れると間違いなく怒られてしまうし、あたりさわりがない場所からだ。

「俺の手の感触はいかがですか？　何かご不快な点があれば指摘してください」

「別に、今の段階ではそれほど……」

どうやらこれくらいならば、逆鱗に触れることがないらしい。

では、少しずつ手を動かしていこう。

セラフィーヌたちの相手と並行して、徐々にディアナへの愛撫を大胆にしていく。

背中を撫でていた手は徐々に下へ動き、お尻に至った。

一瞬、俺のほうをにらんだディアナだけれど、制止はされなかったのでそのまま続ける。

むっちりした肉感を味わいながら手を動かして愛撫していくと、徐々に彼女の体が熱くなってくるのを感じた。

「ん、ううっ……なんなのこれ、体が奥から熱くなってくるわっ！」

「異性に触れられて、体が反応し始めたようですね」

「これがそうなの？　こんな感覚は始めてだわ。くっ……あぁ、どんどん熱くなってくるのっ！」

ディアナの体は徐々に興奮していき、顔も興奮で赤くなってくる。

始めて味わう感覚に困惑しているようだ。

快感が全身に行きわたり、体を支えられなくなってしまったようで俺に寄り掛かってくる。

「こんなに体が熱くなるのは初めてなのっ！　なんとかしなさいよっ！　このままじゃ……」

「そのままどんどん熱くなっていくのが正解ですよ、ディアナ様」

「そ、そんなっ……あひゅぅぅっ!?」

そして、ついに俺の指が彼女の秘部へ触れた。まだ外まで蜜が溢れるほどには濡れてはいなかったけれど、触れた途端に反応してしまうぐらい敏感になっているようだ。

俺はゆっくりと指を動かしながら、ディアナの体を刺激していく。

「はひっ、はううっ……なんなのよこれぇ……自分で触れるよりずっと気持ちいいっ！」

「そう言ってもらえると光栄です」

ディアナは確実に興奮を重ねていた。

「別に褒めてないっ……あぁあああぁっ!?」

少しだけ指を膣内へめり込ませると、それだけでまた大きな嬌声が聞こえた。

どうやら俺が思っている以上に、ディアナの体は敏感なようだ。

俺は片手で彼女を抱えつつ、目の前のセラフィーヌたちも犯す。

勢いよく腰を動かすと、それに合わせてセラフィーヌが嬌声を上げた。

「ひゃうんっ！　はぐっ、あぁぁっ！　どんどん激しくなってるっ……！」

「セラフィーヌ様、やりすぎでしたか？」

「ち、違うのよ。気持ちよすぎて、声が抑えきれないの！　あっ、んくぅぅっ！　だめっ、ひううぅぅうぅぅっ!!」

ビクビクっと腰を震わせて、気持ちよさそうな表情をするセラフィーヌ。

そんな彼女の表情を見てか、少し恥ずかしそうにしつつカルミラも求めてきた。

「ジュリアン……わ、私にもっ！　セラ姉様だけじゃなくて、私にもちょうだいっ！」

「ええ、分かっていますよ。カルミラ様もたっぷり、よくしてあげますからね」

セラフィーヌの中から肉棒を引き抜くと、今度はカルミラへ挿入する。

「あくぅぅっ！　はっ、ひはぁっ……すごい、気持ちいいですっ！」

その途端に甘い声を出してうっとりした表情になる。どうやらかなり興奮していたようだ。

「ふたりとも、もうすっかりセックスの気持ちよさに夢中ですね。……ディアナ様にも、お姉さま方のように学んでいただく予定ですよ」

「んっ、ひゃうぅ……も、もう少し手加減しなさいっ！　あぅっ、またっ……ひゃう、んぅぅっ！」

ディアナの膣内に浅く潜り込ませた手を動かし、ゆっくり愛撫していく。

ディアナは羞恥心で顔を赤くしながらも、与えられる快感を抑えきれないようで断続的に嬌声を漏らしていた。寝室の中で四人の興奮が連鎖的に高まっていき、ついには熱気が立ち込める。

そして、限界まで高められた欲望は今にもはじけそうだった。

「うぁっ、ひゃああぁぁっ！　ダメッ、もうイクわっ！　イッちゃうっ！　ジュリアンくんもいっしょにイってぇ！」

「私も……あぐぅ！　熱いものが溢れちゃいますっ！　気持ちいいの抑えられませんっ！」

同時に声を上げたのは、セラフィーヌとカルミラだった。

俺に膣内を蕩けるほど犯されて、とうとう絶頂に至ってしまう。

この国の頂点に立つ王女がふたり、目の前で他の誰にも見せられないような姿を晒していた。

彼女たちの淫らな姿に、俺も一気に興奮の階段を駆け上がっていく。

「俺もいっしょにイキますよ！　全部おふたりの中に出しますからっ！」

子宮へぶっかけるように射精するといつも悦んでくれるので、ラストスパートにも気合が入る。

そして、俺の腕に抱かれているディアナも強い快感に体を震わせていた。

「ひぃ、ひうぅぅっ！　ダメッ、こんなの我慢できないっ……くるっ、きちゃううううぅぅっ!!」

「ディアナ様もいっしょにイキましょう！　全力で気持ちよくして差し上げます！」

指の動きを激しくして、処女膜を傷つけないようギリギリで愛撫していく。

そしてついに、王女たちの体が限界に達した。

「熱いのっ、体が蕩けちゃうっ！　イクッ、イクッ、あうううううぅぅぅっ！」

「ジュリアン、きてくださいっ！　中にたくさん貴方の子種をっ……あっ、あああぁぁあぁっ!!」

「ダメッ、ダメダメェッ！　こんなに気持ちいいの知らないっ！　やぁっ、ひゃあああぁぁぁぁっ!!」

姉妹三人が仲良く絶頂し、俺の腕の中で震える。

絶頂の刺激で膣内が締めつけられ、それに引きずられるように俺も射精してしまった。

吐き出された精液はそのまま膣内を白く染め、子宮に沁み込んでいく。

「お腹の中がジュリアンくんの子種でいっぱい……避妊してなかったら絶対孕んじゃうわ」

「子宮が熱くて重いです……今日はもうこれ以上は一歩も動けません、あうぅ……」

セラフィーヌとカルミラは体の奥で精液を受け止め、ディアナは俺の胸へ縋りつくようにしながら身を震わせていた。

「わ、わたくしにこんな無様を晒させて……後で覚えておきなさいっ！」

体に力を入れられないまま、ディアナが胸元から睨んでくる。頼れるセラフィーヌとカルミラはすでにダウンしてしまっているから、困った俺は覚悟を決めて彼女に向き合った。

「ディアナ様がどう申されても、これからは性教育を受けていただきます。俺を罰してくださってもかまいませんが、出来れば教育が終わった後にしていただけると幸いです」

「わたくし、触れられるのも初めてだったのに……絶対、このままにしておかないんだからっ」

どうやら絶頂させるのはやりすぎだったようで、ディアナの怒りは治まらないようだ。

俺はため息をついて、これからどうしたものかと考えるのだった。

第三章　女王継承権

ある日の夕方、王城内にある寝室に嬌声が響く。

天蓋つきの豪奢なベッドでは、一組の男女が交わっていた。

下になっている男が俺こと執事のジュリアンで、上になって腰を振っているのはルーンヴァリス王国第一王女のセラフィーヌだ。

「あぁっ、はうっ！　んんぅっ！　凄いわっ、とっても気持ちよくて癖になってしまいそうっ！」

綺麗に波打つ銀髪を揺らしながら、俺の上で大胆に腰を振るセラフィーヌ。

性教育ですっかりテクニックを学んで、今では俺も油断できないほどに成長している。

持ち前の美貌とスタイルにこれだけのテクニックが合わされれば、堕とせない男は存在しないだろうと思えた。

「くっ、うがっ！　セラフィーヌ様、そんなに激しくしては……！」

「はぁ、はぁっ……あら、まさかもう限界なのかしら？」

豊満な胸を張りながら、挑発するように笑みを浮かべて見下ろしてくる。

どうやら最近は騎乗位にハマっているようで、一回セックスするごとに腰使いが上手くなっていた。

教育係である俺も、全力で腰を振られると我慢できないほどだ。

ほんの数ヶ月ほど前まで男を知らなかった膣は、今やどんな相手からでも子種を搾り取ってしまう淫魔のような気持ちよさを誇っていた。

「そこまで言うならお相手いたしますが、後で文句を言わないでくださいね」

けれど、俺にもまだ教育係としてのプライドが残っている。

両手で彼女の腰を掴むと、思いっきり突き上げて奥まで刺激する。

「ひぐぅぅっ!? あぅ、ひゃあっ! 奥っ、子宮グリグリって……ああっ、ひいいいぃいぃいぃいっ!!」

激しい刺激に大きな嬌声を上げながらも彼女の腰は止まらない。

むしろ自分で制御しきれない快楽を楽しんでいるかのようだった。

「あぁ……わたし、この気持ちよさにハマってしまいそうだわ……。ジュリアンにはこんなにエッチなことを教え込んだ責任、取ってもらわないとね？」

彼女はうっとりした目で俺を見つめながら、ねちっこく腰を動かす。

完全に子種を搾り取るための動きだった。

膣内は肉棒をきゅうきゅうと締めつけて射精を促してくる。

「責任と言われましても、困ってしまいます。セラフィーヌ様のテクニックの向上に俺が役立てれば嬉しいですが、あくまで教育係ですからね。責任と言われましても、執事の身分ではとれるものは限られますよ」

そう言ったけれど、俺もそこまで察しが悪くはない。

セラフィーヌの言っている意味も、何となくわかっていた。

つまり性教育が終わったら、次代の王女を産む子種候補のひとりにするということだろう。

確かにありがたくも女王陛下から性教育を任されているから、王女たちにとっては手近にいる信用してもいい男ということになる。

けれど俺は、自分が次期王族の父親にふさわしいとは思えない。

元々がルーンヴァリス王国の国民でないということもあるし、何より重大な問題があった。

普段執事として仕えたり、性教育で体を重ねていく内に、王女たちへ情が芽生えてしまった自覚があるからだ。

セラフィーヌやカルミラはもちろん、ディアナにも半年近く仕えている。

彼女は少し短気なところがあるけれど、そのカリスマ性は多くの人の支持を得ているし、家族や王国を愛する気持ちも強い。

それぞれの個性と向き合って過ごしていると、それらに魅力を感じるようになってしまった。

もし彼女たちとの間に子供が生まれたら、その母子と共に暮らす中で、自分が父親だということを死ぬまで黙っていられる自信がない。

「もう、わたしとのセックス中なのに、どうして上の空になっているのかしら？」

「も、申し訳ございません！」

「まあいいわ。もうわたしから目が離せないようにしてあげるっ！」

そう言うと、セラフィーヌは俺の体に手を置いて体を支える。

そして、これまでよりもさらに激しく腰を振り始めた。

「ぐっ……！」

「ふふっ、気持ちいいかしら？　気持ちいいわよね、わたしも気持ちいいんだものっ！」

膣内が複雑に肉棒へ絡みつき刺激してくる。

まるで精液を搾り取るための魔物のようだ。

単純な刺激では、今までいちばんかもしれない。

けれど、俺に与えられるのは快感だけではなかった。

目の前には快感に乱れて淫らに色づいた肢体と、興奮に蕩けているセラフィーヌの顔が見える。

エロさで言えばこの城……いや、この国でも頂点を争うほどの女性が俺の上で淫らに舞っていた。

その姿に胸の奥で熱いものが滾り、下半身へ血が集まっていく。

「あんっ、ひゃあぁっ……ほら、ジュリアンくんも動いてっ！」

「は、はい。うおぉっ！」

彼女の求めに応じて腰に力を入れ、大きく突き上げる。

「ひゃあぁあっ！　はうっ、きたぁっ！　いいのっ、それ気持ちいいわっ！　もっとしてぇっ！」

これまで主導権を握っていた彼女の体は、突然の突き上げで敏感に反応した。

でもセラフィーヌは、その刺激すら楽しんでいる。

本当に、セックスに関してはいちばん適性があると実感させられた。

「くっ……ダメだ、このままだとっ……」

こちらからも腰を動かしているのもあって、どんどん快感が溜まっていってしまう。

だが、それはセラフィーヌも同じようだった。

「あふっ……はぁ、はぁっ！　体が熱いわ。それに、んんっ！　もうイッちゃいそうよっ！」

呼吸を乱して熱い息を吐きながら彼女が俺を見つめる。

「このまま全部、わたしにちょうだいっ！　ジュリアンくんの子種、全部飲み込んじゃうわっ♪」

いよいよラストスパートに入って、彼女の腰を両手で掴み突き上げる。

「セラフィーヌ様のお望みのままに……ふっ、ぐぅっ！」

「んぎゅっ、はひいいぃぃっ！　くるっ、イクゥッ！　出してっ、中にいっぱい出してぇっ！」

「セラフィーヌ様っ！」

ギュッと締めつけてきた膣内をかき分けて、肉棒を最奥まで突き上げた。

興奮のままに彼女の腰を引き寄せ、最後に大きく数度ピストンする。

「ひっ……」

セラフィーヌが息をのんだ次の瞬間、互いに興奮が爆発する。

「ひあああぁぁあああっ！　イクッ、あっ、あああぁぁっ！　イックウウウゥゥウウゥゥウゥッ!!」

「……ッ!!」

絶頂でビクンビクンと震える彼女の腰を押さえつけ、肉棒と子宮口を重ねながら奥へ子種を流し込んでいく。強い興奮と快感で膣内は熱くなり、どこからが自分でどこからが彼女か分からないほど溶け合っていた。

「はひっ、はふぅっ……はぁ……」

やがて絶頂の余韻まで十分に味わうと、セラフィーヌが俺のほうへ倒れてくる。

これについては予想していたので、上手く彼女の体を受け止めた。

しっかりと俺に抱き留められた彼女は、こちらを見て微笑んだ。

「んっ、ありがとうジュリアンくん♪」

「いえいえ。この程度、お礼を言っていただくほどのことではありませんよ」

「まあいいじゃない。わたしの気分なのだから受け取っておきなさいな」

そう言うと、セラフィーヌは俺の上から降りて隣で横になった。

そして、もうたっぷりと肌を重ねたというのに飽きないのか、俺へ体をくっつけてくる。

「セラフィーヌ様、暑くありませんか？」

「そんなことないわ、温かさも感触もちょうどよくて気持ちいいもの」

しばらく添い寝をしていると、十分ほどで満足したのか離れる。

そして、今度は俺の目を見て問いかけてきた。

「最近、ディアナとの調子はどうかしら？　あれ以来いっしょにいるところをなかなか見ないのだけど。今日、性教育の予定を入れたのも、妹について聞きたかったからよ」

「そのことですか。確かに少し、以前より距離を取られてしまっているかもしれませんね」

セラフィーヌとカルミラ相手の性教育に、見学で参加したディアナ。

まだ本格的に性教育を始める前だったので愛撫にとどめたけれど、どうやらそのときに、はりきってイかせてしまったのが悪かったらしい。

あれ以来、執事の仕事をしているときでも距離を置かれているというか、警戒されている感じがする。

「執事としてお仕えしている間も最低限言葉を交わすだけで、性教育のほうはまったく上手くいっていないんです。フォローに失敗してしまいました……」

セラフィーヌとカルミラに加えてディアナにまで囲まれて、少し自制心が弱くなっていたのかもしれない。

ディアナの気持ちを考えて、もっと慎重に行動すべきだったと後悔している。

「ふむ……まあ、その話はいいわ」

「えっ、よろしいんですか？　性教育のことは大事だと思いますが……」

「もちろん大事だけれど、それより心配なことがあるの」

そう言って俺の目を見るセラフィーヌは、いつの間にか真剣な表情になっていた。

「最近、ディアナに何人もの貴族たちが接触しているでしょう？　少し不安に思ってしまったの。あの子も頭がいいけれど、いつも即断即決で、カルミラのように深く考えないタイプだから。良くないことに、巻き込まれているんじゃないかって……」

「気のせいではないのですか？　ディアナ様には以前からよく貴族の方々が面会に訪れていますし」

「杞憂ならいいのだけれど、その貴族の顔ぶれが最近偏っていると感じるの。ジュリアンくんはどう思う？」

貴族か……そう言われてみると、ここ数ヶ月は同じ顔をよく見るようになった気がする。

「しかし、それだけではどうにも判断できません」

「ええ、そうね。だからジュリアンくんに、ディアナが危ないことに巻き込まれていないか調べてほしいの。執事として近くにいるあなたなら出来るでしょう？　接触している貴族はわたしのほうで調べてみるわ」

「分かりました。なんとかディアナ様との時間を増やして、それとなく探ってみます」

確かに、ディアナが良からぬことに巻き込まれていたら一大事だ。

万が一のことも考えて、よく調べるほうがいいだろう。

「ジュリアンくん、よろしく頼むわね」

セラフィーヌの言葉に頷き、俺はディアナを監視することとなった。


翌日からは俺の仕事にディアナの監視が追加され、また少し忙しくなる。

最近は仕事も効率化できて、少しは暇も出来るようになっていたけれど、まあ仕方ない。

セラフィーヌやカルミラの執事としても働かなければならないが、当面の主目標はディアナだ。

今日は彼女に同行して、王都の劇場に来ている。

どうやらディアナがお気に入りの劇団が出ているようで、朝から機嫌が良かった。

「ようやく着いたわね。今日の演目は、特にお気に入りだから楽しみだわ」

「では、遅れないようにしないといけませんね。お席はこちらになります」

ＶＩＰ用の出入り口から中に入り、ディアナを案内する。

ただ、その途中で彼女が足を止めた。

「ディアナ様、いかがなされましたか？」

「ジュリーはこのまま先に席へ向かいなさい。わたくしは少し用があるの」

「いえ、しかしおひとりで残すわけには……」

「まさかこの劇場内で、わたくしが暴漢にでも襲われると思って？」

劇場内はチケットを持った人間しか入れないから、基本的には安全だ。

それに、ＶＩＰ席やそこに至る廊下は一般のエリアとは隔離してある上に警備員もいるので、危険人物が入りこむ隙間もない。

「いえ、そうではないですが……」

「たとえ誰か失礼な奴がいても、わたくしの魔術で丸焼きにしてあげるわ。それとも、まずは言うことを聞かないジュリーを丸焼きにしてあげましょうか？」

「それはご容赦ください。分かりました、先に向かわせていただきます」

ディアナの機嫌が悪くなりそうな気配を感じ取って、慌てて頭を下げる。

ここで下手に自分の役割に固執して反抗したら、本当に丸焼きにされてしまうだろう。

彼女は決断が速いし、基本的に家族以外には容赦しない。

急いでその場を立ち去ると、通路を曲がったところで足を止めてディアナの様子を伺う。

俺が立ち去ったことで満足したようで、予約していた席とは別の方向へ歩き出した。

「どこにいくんだろうな、ちょっと後をつけてみるか」

ディアナが席につくまでに、先に戻っておけば問題ないだろう。

そう考えて、彼女の後をこっそりと追いかける。

劇場にはいくつかＶＩＰ席があって、今回ディアナが予約したのは最上級の席だ。

これは王族や外国からの国賓など、特に位の高い人間や要人専用で、金を持っているだけでは入れない特別席だった。

しかし、今向かっている先は、それより一つ劣る貴族用の席になる。

特別席には劣るが、それでも一般席とは天と地ほどもある豪華さで、個室のようになっていた。

すでに中に客が入っているのか、扉の前には貴族の部下らしい衛兵がいたけれど、ディアナの姿を見ると深く頭を下げて中に通す。

「さすがにあれじゃあ、扉から中の様子を見ることはできないな」

俺はあたりを見渡すと、隣の個室には誰もいないことに目を付けた。

調べてみると鍵はかかっていないようで、中に入り込む。

席同士の間にある壁は防音のためか厚く、単純に耳を当てたくらいでは向こうの音は聞こえないようだ。けれど、幸いにも俺は旅商人時代に父親から魔術を教わっている。

その中に、この状況で役立つものがあった。

「この魔術を使うのは久しぶりだけど、上手くいってくれよ。『ラビットイヤー』」

一瞬体が熱くなると、魔術の効果で俺の聴力が飛躍的に高まった。

壁に耳を当てて意識を集中すると、向こうの部屋の声が聞こえてくる。

『ディアナ様、よくお越しくださいました！　わざわざご足労いただき申し訳ございません』

『まったくよ。このわたくしを呼び出すなんて、本来は許されないことよゼルーカ侯爵』

最初は初老の男のもので、二つ目がディアナの声だ。

確か、ゼルーカ侯爵といえば、俺がディアナの専属執事になったころから何回も面会している貴族だった。

王国の東方に大きな領土を持ち、周囲の貴族を率いて派閥を形成している。

派閥の大きさは国内の貴族でも有数で、特に拡張政策に積極的なようだ。

あまり政治分野には詳しくないけれど、旅商人をやっていたころのクセで色々な話を聞いては覚えているので、ある程度予想はつく。

ルーンヴァリス王国は、伝統的に周囲の国家と不可侵条約を結んで中立の立場にいる。

けれど、東の国境を接する国で最近大きな動きがあったらしく、国内が分裂し内戦が起きているらしい。ゼルーカ侯爵の勢力は、この内戦に介入してルーンヴァリス王国の影響力を高めようとしているようだ。

『今回はご相談があってまいりました。ディアナ様も隣国ケルアーン王国の内戦はご存じだと思います』

『ええ、もちろん知っているわ。傲慢な国王率いる保守派と、民衆に人気のある王子の改革派が争っているんでしょう？』

『そのとおりです。このままでは内戦は拡大し、ルーンヴァリス王国へも難民などいくつもの問題が降りかかるでしょう』

確かにそんなことになっては困る。

自分の失策ならばまだしも、他人の不始末でこちらに面倒を押しつけられるのはたまらない。

『そこで、ケルアーン王国の内戦に干渉し、こちらへ友好的な政権を打ち立てるのです。幸い、私は保守派の方々への人脈を持っています』

『では、保守派を支援するのかしら？』

そう言うディアナの言葉には不信感がこもっていた。

ケルアーン王国の国王は傲慢な性格で有名で、重税を課し、民を苦しめているという噂はよく聞こえてきた。

王族として国を良く治めることにプライドを感じているディアナからすると面白くないんだろう。

彼女の様子を見て、侯爵が慌てた様子で訂正する。

『いいえ、そうではありません！　見込みがある者を、保守派から改革派に寝返らせるのです。その上で支援を行い、貸しを作ればケルアーン国内にある豊富な鉱物資源などの利権を握ることが出来るでしょう。王国はますます繁栄するに違いありません』

『ふむ、なるほどね。軍事侵攻はしないから負担も少ないし、いいかもしれないわ』

『ありがとうございます。しかし、この計画を実行に移すには女王陛下かそれに準じる方のご許可が必要です。女王陛下はあまり外国へ干渉することを是としないでしょう。つまり、ディアナ様にこそ、次期女王になっていただかなければなりません』

『元々次期女王にはなるつもりよ。この件についても検討はしておいてあげるわ。確かにうまく行けば、王国はもっと発展しそうだもの』

侯爵の言葉に納得したのか、彼女は肯定的だった。

けれど、俺はその考えに疑問を持っている。

ルーンヴァリス王国は国土が広くない代わりに、人が暮らしていく上で必要な資源が豊富にそろっている。

それを糧に今まで中立を貫き、平和的に過ごしていた。

確かにケルアーン王国の資源を手に入れれば王国はより発展し、民の暮らしも豊かになるかもしれない。

けれど、どのような形であれ一度拡張し始めた国は、徐々にその旨味に味を占めてしまうものだ。

それに資源の利権を奪ってしまえば、大事な稼ぎ頭がなくなったケルアーン王国の人々はどうなってしまうのか?

ルーンヴァリス王国を恨むようになるかもしれない。

過去に似たような話をいくつも聞いていただけに、急に不安になってくる。

ただ、どうやらそこで話は終わったらしく、ディアナが席を立ったようだ。

俺も立ち上がって彼女より先に部屋を出て、特別席のほうへ先回りする。

急いで席の支度を整えると、その直後に彼女がやってきた。

「お待ちしておりました。こちらへどうぞ」

「ふん……」

ディアナは俺に何か言うこともなく、そのまま椅子に腰かけて舞台のほうへ視線を向けた。

相変わらず俺に対しては厳しいな。

何かミスがあればすぐ指摘されてしまうし、心が休まらない。

けれど、これも執事としての仕事だ。

まだ性教育を行うのは無理そうだけれど、もっと時間をかければ関係も改善するかもしれない。

そう思いながら、俺は彼女の後ろで控えているのだった。


それからもディアナと侯爵は　スケジュールの穴を見つけては面会を繰り返した。

俺はそれらの内容をまとめ、セラフィーヌへと報告する。

彼女にもいくつか、新しい情報が集まっていたようだ。

俺の情報と合わせて確認すると、やはりゼルーカ侯爵を中心とした派閥で動きがあるらしい。

懇意にしている商人から、食料などの物資を積極的に買い集めている。

本格的に、隣国の内戦へ介入する準備を進めているようだった。

ただ、彼らの計画はディアナが次期女王にならなければ始めることすらできない。

だからこの動きに対抗するには、ディアナが次期女王になろうとするのを阻止するか、貴族への協力をやめさせればよいのだ。

セラフィーヌとしては、妹が女王になりたいならそれを応援したいので、後者の方法をとりたいようだ。ならば説得は、本来ならセラフィーヌかカルミラに任せたいところだった。

「俺はディアナに嫌われているからなぁ。説得するのはなかなか難しそうだ。とはいえ、いちばん近くにいるのも俺なんだよなぁ」

セラフィーヌの部屋を出て廊下で思わずぼやいてしまうと、それが聞こえたのか、急に声をかけられる。

「ジュリアン、どうかされたのですか」

「うわっ!?」

驚いて振り返ると、カルミラが心配そうな表情で俺を見ている。

「カルミラ様、いつの間に……」

「会議が終わって部屋に帰ろうとしていたところで、何やらつぶやきながら歩いているジュリアンを見付けたので」

「そうだったんですか……すみません、ご迷惑をおかけしてしまって」

どうやら悩みが口に出ていたらしい。

カルミラだったからよかったものの、ディアナに聞かれていたら一大事だった。

「いえ、気にしないでください。それより、なんだか普段より少し疲れているように見えますよ」

「えっ、そうですか？　いたって健康なつもりですが」

どんな仕事にも言えることだけれど、体は大切な資本だ。

俺の場合は毎日、王女たちのスケジュールを管理して生活を支えなければいけないから、丸一日休みということはない。最初の頃は少し無理をしていた部分もあったけれど、近頃は食事も睡眠も休息もしっかりとっている。

「体のほうが大丈夫でも、精神的に疲れてしまっているのではないでしょうか」

「精神的に、ですか」

「はい。最近、何か思い詰めてしまうようなことがあったとか……」

思い当たることといえば、まずディアナのことだろう。

俺のミスで関係を悪化させてしまったし、新たな問題も浮上している。

「もし私でよければ、相談してもらえませんか？　何か力になれることがあるかもしれませんし」

「カルミラ様に？　いえ、そんな恐れ多いことは……」

彼女も相変わらず、山のような書類を抱えて毎日事務仕事をしている。

下手に迷惑をかけてはいけないと思った。

しかし、カルミラは俺に近づいてくると手を握ってくる。

俺を見つめる目は真剣なものになっていた。

母親の女王陛下譲りの碧眼に至近距離から見つめられると、どうにも断りづらくなってしまう。

「は、はい。分かりました」

結局、俺は頷いてしまった。

そのままカルミラの部屋へ向かい、話をすることに。

ディアナやゼルーカ侯爵の関係者に聞かれては拙いけれど、彼女になら問題ないと思ったからだ。

部屋に到着すると向かい合って座り、まず俺が口を開く。

「実は、ディアナ様のことで少し問題が起きてしまっているんです」

「ディアナのこと？　もしかして、三人で性教育したときのことが原因ですか？」

「確かにあれが原因で少し関係は悪くなってしまいましたが、今回は別の問題です。カルミラ様はケルアーン王国の内戦についてご存じですか？」

それから、俺は時間をかけて丁寧に現状を説明する。

東部貴族が内戦への干渉を企てており、その許可を得るためにディアナを担ぎ出そうとしていること。内政干渉をするための作戦には女王陛下か、それに準じる次期女王となる王女の許可が必要だからだ。

ディアナ本人も次期女王となるつもりで、なおかつ干渉で得られる利益が王国のためになると考えており乗り気だということも伝える。

しかし、俺は他国の内政に干渉するのは良くないと思っており、セラフィーヌも同意見だった。

そして、なんとか貴族への協力を諦めてもらえないものかと、頭を悩ませていたことを白状する。

「なるほど、状況はよくわかりました」

「……カルミラ様は、この干渉についてどうお考えなのですか？」

「考えをまとめるので、少しだけ時間をください」

問いかけると、彼女は執務机から筆記用具を持ってきて何か紙に書き込み始めた。見てみると色々な名前や数字が書いてあり、内戦への干渉を行った場合の影響を計算しているらしい。

部屋の中にペンを動かす音が響き、その間に俺も給湯室へ行って飲み物を用意してくる時間があった。結局計算が終わったのは一時間後で、机の上は色々書き込まれて真っ黒になった紙が散らかっている状態だ。

「結果は出ましたか？」

「はい。結論から言えば、私は干渉に反対です」

俺の問いにカルミラは毅然とした態度で答えた。

「理由をお聞きしてもよろしいでしょうか？」

「もちろんです。我が国が内戦に干渉したときに発生する影響を私の知りうる限りの情報から計算しました。確かに成功すれば数年は景気がより上向くでしょうが、長い目で見た場合に新しい火種になる可能性が高いのです」

「なるほど。短期的な利益よりも長期的な安定を重視すると」

「もう一つ。現在我が国の経済は安定しているので、他所に手を出すよりも内政に注力すべきだと思いました」

カルミラはそこで一息つくと、温くなったお茶で喉の渇きを潤して続ける。

「ただ、他にもケルアーン王国の内戦に干渉しようとする国がいるかもしれませんので、それには注意が必要だと思います。もし他国がルーンヴァリスに敵対的な政権をケルアーンに樹立しようとした場合には、例外的に干渉が必要になるかもしれません」

「ありがとうございます。素人の俺にもよく分りました」

そうお礼を言うと、彼女も穏やかな笑みを浮かべた。

「こちらこそ、ジュリアンの役に立てて良かったです。少しは悩みも晴れたでしょうか？」

「ええ、今まで迷っていた部分がスッキリしました。何としてでも干渉を阻止しようと思います」

ディアナが貴族の話に乗り気なのは、彼女なりに国を思ってのことだ。

だから少し迷いがあったのだけど、これできちんと信念を持ってそれを止められる。

「私も何か、お疲れのジュリアンを癒してあげられればいいのですが……」

「いえ、カルミラ様は毎日国のために大変なお仕事をされているのですから、これ以上協力していただくわけにはいきません！」

彼女と女王陛下は、ルーンヴァリスの内政を支える二大柱だ。

万が一にも病気になったり、倒れられたりするわけにはいかない。

ただ、そんな俺の考えとは違ってカルミラは何か思いついたのか、珍しくニコリと満面の笑みを浮かべた。

どことなくセラフィーヌに似ている笑みだ。

「ジュリアン、この後時間はありますか？」

「時間ですか？　はい、大丈夫です。あまり長時間ですと次の仕事に差し支えてしまうのですが……」

「それなら、大丈夫です。すでに一時間も付き合わせてしまってすみませんが、もう少しだけ私に時間をください」

そう言うと、彼女は席を立って俺のほうへ回り込んでくる。

さらに俺の腕を掴むと引っ張り上げて立たせた。

「あの、カルミラ様？　いったい何を……」

「ジュリアンが自分のために私の手を煩わせたくないというのなら、双方に利のあることなら良いのですよね？」

「それは……」

「貴方の想像どおりですよ。性教育です。これからベッドの上で、たっぷり癒して差し上げますね」

彼女は慣れない誘惑の言葉に少しだけ頬を赤くしながらも、俺をベッドへ引っ張っていった。

「くっ……」

ベッドに押し倒されてしまった俺の上に、上着を脱いだカルミラが跨ってくる。

「まさかカルミラ様に押し倒されてしまうとは、想像していませんでした」

「確かに自分でもこんなことをするとは思っていませんでした。するとしたらセラ姉様ですからね。でも、こうしてジュリアンを上から見下ろすのも、なかなかいい気分です」

俺としても、普段は受け身のほうが多いカルミラを見上げるのは新鮮な気分だった。

「それで、俺はこのまま横になっているだけでいいんでしょうか？」

「今回ジュリアンは癒されるのが役目ですからね。ああ、もちろん私のテクニックの評価もしてくれると嬉しいですけれど」

「もちろんやらせてもらいますよ。教育係は大切な使命ですから」

俺の言葉にカルミラは軽く笑って頷いた。

そして、彼女はそのまま俺のズボンに手をかけて奉仕を始める。

「ん、とっ……こうして男性の服を脱がすのにもなれてきましたね。では、お世話させていただきます。はぁむっ！」

手始めに身をかがめて、露出した肉棒を一口で咥えてしまった。

一瞬で温かい感覚に襲われ、続けて口内で舌が動いて愛撫してくる。

その気持ちよさに肩から力が抜けていってしまった。

「くぁ……ふぅっ……カルミラ様のテクニック、すごく上達していますよ」

「はむ、ちゅうっ、れろぉっ！　そうですか？　ジュリアンにそう言ってもらえると嬉しいですね」

褒められて嬉しそうに頬を緩めながらも、的確に舌を動かし続けるカルミラ。

裏筋など敏感な部分にピッタリと舌を押しつけられる快感に、思わず身震いしてしまう。

肉棒もどんどん勃起していって、数分と経たずに限界まで硬くなってしまった。

「はふっ、んぅ……ちゅるるっ、れろぉ！　はぁ、すごく大きいです。こんなものが毎回私の中に入っていたなんて、いまだに信じられませんよ」

いったん口を離したカルミラが、至近距離から肉棒を見つめる。

自分の唾液に濡れてヒクヒクと震えるものを見て、顔を赤くしていた。

「近くで見ていたら、だんだんこれが欲しくなってきてしまいました……お腹の奥が熱くなって、キュウキュウするんですっ！」

カルミラは我慢できないとばかりに、また舌を伸ばして肉棒を味わった。

「んんっ、ちゅぱぁっ！　んくぅっ……先端からエッチな汁が漏れ出てきましたよ。ジュリアンはもう、準備万端ですか？」

「はい、カルミラ様のフェラが気持ちいいおかげで興奮してしまいました」

改めて味わってみると、彼女の奉仕が驚くほど上達しているのが分かった。

最初のころは肉棒を目にしただけでも、羞恥心で顔を真っ赤にしていたのに。

自分の性教育でここまでエロくなったということでもあり、その事実を見せつけられると興奮してしまう。

肉棒は限界まで硬くなり、彼女にその存在を主張していた。

「これが中に入ってくると思うと、ドキドキしてしまいます。体も熱くなってきました」

俺のものを見つめながら興奮で熱くなった息を吐くカルミラ。

そして熱さに我慢できなくなったのか、自分で服を脱ぎ始めた。

しっとりと汗をかき、興奮で火照った肌が露になっていく。

「んっ……もう何度目にもなりますけれど、やはり体を見られるのは恥ずかしいですね」

「恥ずかしがるようなことはないですよ。カルミラ様の体はとてもお美しいですから」

「もう、お世辞を言っても何も出ませんよ？」

彼女は恥ずかしそうに視線をそらしたけれど、俺は首を横に振った。

「お世辞じゃありませんよ。見とれてしまいそうです」

「……セラ姉様やディアナよりも、ですか？」

少しだけ迷った仕草を見せながら問いかけてくる。

「ええ、今の俺はカルミラ様に夢中ですから」

「む、夢中って……そんなに……」

一瞬目を丸くして驚いた表情を見せるカルミラ。

けれど、嬉しかったのか少し頬が緩むのが分かった。

「そこまで言ってもらえたのなら、私も頑張らないといけませんねっ！」

「はい。上達したテクニック、よく拝見させていただきます」

俺が頷くのを見ると、彼女は少し体を起こして自分の胸を持ち上げた。

「今度はこれでご奉仕してみますね。セラ姉様からやり方を聞きましたが、パイズリと言うんですね」

両手で持ち上げられた美巨乳が深い谷間を作り、魅力的な肉感を見せつけてくる。

そして一度谷間を開くと、そこへ俺の肉棒を収めてしまった。

「くっ……！」

「あんっ、すごく熱いです。ジュリアン、私の胸はいかがですか？」

一度セラフィーヌにしてもらったことがあるけれど、それとはまた違った感触だ。

姉姫の胸は、どこまでも肉棒が沈み込んでいくような柔らかさがあった。

けれど、こちらは素晴らしい肌の張りでギュッと挟み込んでくる。

左右からの圧迫感が強めで、そのましごかれると強い刺激が与えられた。

「ん、はぁっ……こうでしょうか。気持ちいいですか？」

カルミラは胸を上下に動かし、肉棒をしごきながらこちらに視線を向けてくる。

まだ恥ずかしさもあるけれど興奮のほうが強くなっているようだ。

動きにも迷いがなく、的確に興奮させられてしまう。

「ええ、とても気持ちいいです。あまり我慢できそうにないほどに……うぐっ」

フェラチオに加えてパイズリでまで奉仕されて、下半身へこれまで以上に血が集まってしまう。

快感で肉棒がビクビクと震え、先走り汁があふれ出した。

それがパイズリの動きで谷間で塗り広げられて、より滑って快感が増えてしまう。

「あ、はふっ……ジュリアンの熱さが胸から伝わってきます。それに、私の胸もトロトロになってしまいました……」

ヌラヌラといやらしく光る胸元を見下ろしてカルミラがつぶやく。

「申し訳ございません！　我慢できず汚してしまいました」

「そんな……謝らないでください。こんなに興奮してもらえて嬉しいんです。もちろん自分の技量の向上もそうですが、なによりジュリアンに喜んでもらえて」

「えっ？　それはどういう……」

顔を上げると、嬉しそうに微笑んでいる彼女と視線が合った。

カルミラはいったん奉仕を中断すると、俺のほうへ顔を近づけてくる。

「ジュリアンはいつも私たちのために沢山働いてくれていますから、少しでもお礼がしたかったんです。元々は王国の国民でもないのにここまで尽くしてくれて、感謝しかありません」

「そう言っていただけると光栄です。それに、俺のほうこそ拾っていただいたことは感謝しています」

あのとき女王陛下に誘われていなかったら、そのまま父親の跡を継いで旅商人になっていただろう。それも悪くはない気がするけれど、俺は今の生活のほうが充実していると思っている。

仕事は忙しいけれど、普通の平民よりよほどいい暮らしをさせてもらっているし、何より仕える相手が王女様たちなのだ。

この国でも最も美しいと言われる姉妹のお世話をして、あまつさえ性教育まで。

あくまで仕事だとは分かっていても、ひとりの男としてこれ以上の幸せはなかったと断言できる。

「カルミラ様たちにお仕えすることが出来て、俺は幸せです」

「私もジュリアンにはずっと執事でいてほしいと思っています。……もし、私が女王になることがあっても、傍で支えてくれますか？」

「カルミラ様が？」

少し驚きながらそうつぶやくと、彼女は頷く。

「私たち三姉妹の中では、ディアナが最も強く女王になるという意思を持っています。ただ。それぞれ得意な分野と不得意な分野がありますし、誰が女王になっても他のふたりが支えてあげれば、なんの問題もなく国を運営していけるはずです」

「当初はディアナ様が女王になっても問題はなかったけれど、今の彼女には任せれないということですね」

女王になるには、干渉計画を諦めてもらう必要があるだろう。

それさえなければ姉たちも喜んで協力するはずだ。

「本音としてはディアナを応援したいですが、万が一のときは私も次期女王を狙って動きます。そのときは助けてくれますか？」

少し不安そうな表情を見せる彼女に俺はうなずいた。

「もちろんです。でも、その前にディアナ様を説得してみせます。姉妹同士で争うようなことはさせたくありません」

昔、まだ旅をしていたころには、兄弟姉妹で王位継承を争い血みどろの内戦や政争をしていた国をいくつも見てきた。

このルーンヴァリス王国や王女たちに、同じようになってほしくない。

「俺が絶対にディアナ様の考えを変えてみせます」

新たな決意を持ってそう言うと、カルミラが安心したように微笑んだ。

「ルーンヴァリスの人間でない貴方にこんなことを頼むのは筋違いだと分かっています。けれど、そう言ってもらえてすごく安心しました。ありがとうございます」

そう言うと、彼女はそのまま俺に顔を近づけて唇を重ねてきた。

「んっ!?　カ、カルミラ様？」

「ふふっ、これは私の話を聞いてくれたお礼ですよ。そろそろ性教育のほうへ戻りましょうか」

驚いている俺を見て、楽しそうに笑うカルミラ。

彼女は姿勢を戻すと、興奮が治まらずに震える肉棒を見た。

「少しご奉仕を中断していたのに、まだこんなに硬いなんて……。見ているだけで、私もお腹の奥が熱くなってきてしまいます……」

「カルミラ様のテクニックがとても気持ちよかったからです。教育係なのに、これでは失格ですね」

「そんなことはありませんよ。だって、私はすごくセックスがしたい気分になってきてしまっていますから」

熱い息を吐きながら、片手で俺の肉棒を握る。

「くっ……」

「私のアソコももう濡れてきてしまっているんです。ジュリアン、これを中にいただけませんか？」

見つめてくるカルミラの瞳には情欲が宿っていた。

全身が火照っていて、先ほどまでパイズリしていた胸の乳首も興奮で硬くなっている。

確かに彼女の言うとおり、体のほうは準備万端整っているようだ。

「では、どんな形でのセックスをお好みですか？　カルミラ様の性教育も基本は一通り終わっていますから、どんなものでも構いませんよ」

そう言うと、彼女は少しだけ迷ったあとにつぶやく。

「あの……ジュリアンの顔が見られるものがよいです……」

「では、基本に立ち返って正常位がいいかもしれませんね」

「はい、お願いします」

コクンと頷いた彼女を見て、俺は体を起こす。

そして、そのまま位置を入れ替えてカルミラをベッドへ押し倒した。

「きゃっ！　んんっ……あ、ジュリアン……」

仰向けになった彼女の体を見下ろすと、いっそう顔が赤くなった。

「さすがに、じっと見られると少し恥ずかしいですね」

「今からでも他の体位に変えますか？」

「いいえ、このままでお願いします。もう、我慢できなくて……」

カルミラはモジモジと足をすり合わせながら目を伏せる。

俺は手を伸ばすと、彼女の両足を掴んで開かせた。

「ひゃっ、んっ……あぅ……」

「すごいですね。もうこんなに濡れていますよ」

案の定、カルミラの秘部は濡れていた。しかも、もうこれ以上は愛撫の必要がないほどだ。

自分で興奮していると言っていたから、ある程度濡れているだろうとは思っていたけれど、これは予想以上だった。

「俺にフェラチオやパイズリをして、ここまで興奮してしまったんですね？」

問いかけると、彼女は目を伏せたまま頷く。

普段真面目でハキハキとしているカルミラの口数が少ない姿は珍しいな。

けれど、これはこれでかなり可愛いと思った。

「もう我慢できないんですよね。入れてほしいですか？」

「は、はい……お腹の奥がうずいて仕方ないんですっ！」

俺の質問に答えるのと同時に彼女が顔を上げる。

かなり辛いようで、若干涙目になっていた。

「なら、あまり焦らすのはよくないですね。安心してください、すぐ入れてあげますよ」

幸いにもカルミラのご奉仕のおかげで俺の興奮も高まっている。

足を開かせた彼女の股間に向けて腰を前に進めた。

そして、肉棒を手で押さえるとゆっくり挿入していく。

「あっ、あああっ！　きますっ、中に入ってきますっ！　くるっ、あああぁぁっ！」

挿入が始まったとたん、カルミラが大きな嬌声を上げた。

手足にもギュッと力を込めて身悶えする。

「最初から締めつけが凄いですね。くっ、奥まで挿入するのにひと苦労だ」

膣内も体と同じように力が入っているのか、挿入直後から盛んに締めつけてきた。

おかげで腰を進めるのも少し大変に感じてしまう。

たっぷりの愛液で濡れていなかったら、さらに難しくなっていたに違いない。

これまでの経験を生かして、呼吸から彼女の力が抜けるタイミングを見つけて腰を前に進める。

そして、ついに最奥まで到達した。

「うあっ、はひぃんっ！　ぐっ、ひゃうぅぅっ……ぜ、全部入ってきましたっ……奥までジュリアンでいっぱいですっ」

彼女はハァハァと息を荒げながら、嬉しそうな表情を見せた。

その顔を見ると苦労も忘れてしまう。

「カルミラ様、このまま動きますよ」

「はい、大丈夫です。たくさん動いてくださいっ」

彼女に願われたとおり、腰を動かし始める。

ズンッと肉棒を奥へ突き込むと、それに合わせてカルミラの体が震えた。

「あひっ、ひゃあっ！」

締めつけている膣内をかき分けるようにして動いているから、刺激が大きいんだろう。

彼女はその刺激に耐えるためか、両手でベッドのシーツを握りしめている。

「あふ、はぁっ……これっ、すごく気持ちいいですっ！　はひ、はぁっ！」

「今日のカルミラ様はいつもより乱れていますね」

「快感が強くて、どうしても体が反応してしまうんです！　気持ちよくてっ……はぁっ、また奥までくるっ！」

一度大きく腰を引いてから、ピッタリと押しつけるまで挿入する。

膣内を一気に貫かれた刺激で、また嬌声が聞こえた。

「はひっ、あぁ、はあぁぁっ……ジュリアン、キスしてくださいっ」

俺は体を倒し、そのまま彼女の唇を奪った。

「んんっ……ちゅ、はぁっ、もっとぉ……あむぅっ！」

さっき一度キスしたからか遠慮がない。

彼女のほうから舌を出してきて、それに俺も自分の舌を絡める。

部屋に卑猥な水音が響いて興奮がより高まってしまった。

そして、もちろんキスしている最中もピストンはやめない。

「んぐぅっ、ひゃわっ！　あんっ、あんんっ！　はぁっ！」

キスの邪魔にならないように勢いは抑え気味だけれど、その分ねちっこく腰を動かす。

膣内を満遍なく愛撫するように肉棒を前後させ、先端であちこちの内壁を突き解した。

すると、これまで締めつけが強かった膣内もどんどん蕩けていく。

もちろん、そのときに生まれる快感でカルミラのほうも蕩けていった。

「ジュリアンとのセックス、頭の中が暖かくて真っ白になってしまいそうです」

ようやく満足したのか、キスを中断して俺を見上げてきた。

そしてボーっとした表情でこちらを見つめながら、小さくつぶやく。

「こんなに気持ちいいセックスを味わったら、ジュリアンの赤ちゃんが欲しくなってしまいます」

「なっ……お戯(たわむ)れを。俺はただの教育係ですよ」

咄嗟にそう答えたけれど、俺も内心では心臓が高鳴っていた。

王女たちが子種を得る男は、基本的に城内にいる者から選ばれる。

だから俺も一応、その候補に入っていた。

けれど、こうして実際に俺でもいいと言ってもらえると嬉しくなってしまう。

「そう言っていただけるのは嬉しいですが、俺の他にも優秀な人間はたくさんいます」

王城には国中からえりすぐられた才能が集まって働いているし、人間的な魅力にあふれた男性も多い。

王女と子作りしたことを秘密にできるという条件を加えても、まだ両手の指で余る候補がいるだろう。それらと比べれば、俺は女王陛下に選ばれたというポイントはあるものの、男性としての魅力には劣っているはずだ。

けれど、カルミラは不満そうな視線で俺を見つめてくる。

「ふぅ……ジュリアンはもう少し自分の行動を顧みたほうがよいです。少なくとも、私はひとりの男性としても貴方を信頼していますよ」

「そうでしょうか……？」

執事としての仕事ぶりを考えてみても、指導された執事長の足元にも及ばない。

他の使用人と比べてみてもまだ経験は浅いだろう。

ようやく慣れてきて、仕事の合間に一息つけるようになってきたけれど、まだまだだ。

そう考えていると、カルミラが俺の首に腕を回してきた。

「うわっ！」

予想外のことに反応できず、そのまま引き寄せられてしまう。

さっきキスしていたときと同じくらいに顔が近くなり、彼女の目が大きく見えた。

大きな胸も俺の胸板でつぶれて柔らかい感触が伝わってくる。

「ジュリアンはよく私のことを真面目過ぎると言いますけれど、貴方のほうも大概ですよ」

「自分ではあまりそんな意識はないのですが……」

「突然お母様にスカウトされて、年単位で執事の修行をして私たち王女の性教育係まで引き受けたのですから、相当に真面目でお人好しです」

「カルミラ様にそんなことを言われるとは思いませんでした」

でも、第三者視点から考えてみると、かなりの仕事をこなしているのは確かなのかもしれない。

「子作りについては重大な決断ですから、ジュリアンにその気がないのなら無理強いはしません。でも、私が貴方の赤ちゃんなら産んでもいいと思っていることは忘れないでくださいね？」

「分かりました。決して忘れません」

カルミラは俺の返事に満足したようで、嬉しそうにキスしてくる。

「ちゅ、んっ……これでもう言いたいことは言いました。後はもう、最後までしてくださいっ」

その言葉と同時に膣内が肉棒をキュッと締めつけてくる。

間違いなく彼女が意図的に行っただろうそれは、俺の欲望に火をつけた。

「こんなおねだりが出来るようになっているだなんて、カルミラ様もセラフィーヌ様に負けないくらいエッチになっていますね！」

「まだセラ姉様には敵いませんよ。でも、ジュリアンが興奮してくれたなら嬉しいですね」

ニコリと微笑む彼女を見て、俺は衝動的にピストンを激しくした。

「あっ！　ひゃぐっ、あうぅぅうぅっ！　これっ、さっきより激しいっ！」

「当たり前ですよ、こんなに挑発してタダで済むと思っているんですか？　俺だって男ですからね！」

いくら相手が王女様で、俺が執事といっても我慢できない一線はある。

俺となら子作りしてもいいなんて言ったあとで精液を欲しがるように締めつけられたら、興奮を抑えられるはずがない。

ベッドに両手をつくと、カルミラの体が揺れるほど激しくピストンして犯していく。

「ぎっ、あひぃうぅっ！　はぁ、はぁっ！　んぎゅううぅ、あああぁぁっ！」

激しく腰を打ちつけていく内に彼女の足はさらに開いて、ほとんどM字のようになっていた。

秘部が丸出しの恰好に、普段なら恥ずかしくて赤面しているだろう。

けれど、今の彼女は俺のピストンを受け止めるのに精いっぱい。

そんなことを気にする余裕もないようだ。

「ダメ、ですっ！　こんなに激しいの、初めてっ……あぁっ、ひあぁぁぁあぁぁっ!!」

彼女は俺の背中へ回した腕にギュッと力を込めて快感に耐えようとしている。

けれど、俺は容赦なく全力で犯していった。

カルミラの中を隅々まで余すことなく刺激して、快楽の虜にしてしまう。

「こんなにもエロいカルミラ様の姿は初めてですよ。ずっと俺の記憶に残しておきますからね！」

「やぁっ、ダメですっ！　恥ずかしいからぁっ！　あぐっ、んうううぅぅっ！　ひゃっ、はぁっ、はぁぁ……！」

彼女の声を聴きながら、ズンズンと深くまで肉棒を挿入してピストンを続ける。

カルミラの体はすっかり興奮しているようで、シミ一つない白い肌が顔から足先まで桜色に色づいていた。

全身を快感に犯されながら激しい興奮で息を乱し、心臓の鼓動もどんどん速くなっていく。

「カルミラ様、大丈夫ですか？」

「あぅ……ッ!?　だ、大丈夫です！　続けてください！」

気持ちよさでボーっとしていたようだが、声をかけると顔を赤くしながら慌てて頷く。

「調子が悪いようでしたら、もう少し勢いを緩めますが？」

「問題ありません。それに……せっかくふたりきりでセックスできる機会ですから。今くらいはジュリアンのことを独り占めにさせてくださいっ！」

そう言うと、彼女は腕だけでなく両足まで俺の腰に巻きつけ、抱きしめてくる。

「カルミラ様……。分かりました、俺も最後まで放しません！」

これが最後だと思い、体重をかけるようにしながら全力でカルミラへ腰を打ちつける。

「あぐぅっ！　体が熱い、ですっ！　はひっ、あううぅぅっ！」

彼女も限界が近いようで、喘ぎ声を上げながら手足に力を籠める。

すると俺たちの体がより密着して、ドクドクと欲望の塊がせりあがってきた。

「ああ……ジュリアンの、私の中で震えてますっ！　くださいっ！　貴方の子種を子宮に注いでくださいっ!!」

「カルミラ様っ！」

名前を呼ばれ、彼女が嬉しそうに微笑むのと同時に膣内が締めつけられた。

それに促されるように、俺は思い切り腰を押しつける。

そして、子宮口を突き上げるようにしながら射精した。

「あひぃっ!?　くっ、あああああぁぁっ！」

ドクンッ、と大きく体が震えて全身がどろけるような快感が走る。

膣内に子種が吐き出された瞬間、その熱にカルミラの体も反応した。

「中にぃっ、あああぁぁあぁっ！　イクッ、私もっ……イキますっ、イックウウウゥゥウゥゥッ!!」

大きく目を見開き嬌声を上げながら、絶頂の快楽に狂うカルミラ。

俺の体に回された手足にもこれまでになく力が入る。

普段デスクワークばかりとは思えないほどの力強さに、少し苦しくなってしまうほどだった。

けれど、それが彼女の絶頂の強さの表れだと思うと嬉しくなる。

「ひぐっ、うぅあああぁっ！　まだイってますっ！　気持ちいいのが止まりませんっ！」

これまでに感じていた刺激より激しい快感だったのか、受け止め切れず涙目になっていた。

それでも膣内は健気に肉棒を締めつけて、精液を搾り取ろうとしてくる。

けれど、もう膣内も子宮も白濁まみれだ。

収まりきらない分が結合部からあふれてしまうほどだった。

「大丈夫ですよカルミラ様、そのまま最後まで気持ちよくなってくださいね。俺もずっとこのままにしていますから」

「あぁぁっ……ジュリアンッ、貴方も抱きしめてくださいっ！」

片手で体を支えると、もう片方の手をカルミラの頭に回して優しくなでる。

すると少しして、彼女の手足から力が抜けてきた。

「はぁっ、はふぅっ……ジュリアン……」

ようやく落ち着いてきたようで呼吸が穏やかになってくる。

絶頂の余韻かボーっとした視線を向けてきたので、安心させるように笑みで返した。

「このまま、しばらく抱きしめていてくれますか？　もう少しこの満たされた感覚を味わっていたいんです」

「心配なさらずともお許しがあるまでずっとこうしていますよ。安心してください」

「ありがとうございます。体の中から温かさが広がって、とても幸せな気持ちです……」

もう足は力が抜けてベッドへ下ろされていたけれど、そのぶん手で俺の存在を確かめるように優しく抱きしめる。

俺はそれから、カルミラが満足するまで傍に寄りそうのだった。

＊　＊

ジュリアンとカルミラが濃密な性教育を行っていたころ、王城の一室で秘密の会議が行われていた。謁見室や会議室がある本館の隣にある、来賓を迎えるための別館。

そこの普段は使われていない応接室で一組の男女が向かい合っていた。

ひとりは王国東部の有力貴族ゼルーカ侯爵。もうひとりは第三王女のディアナ姫だ。

「ゼルーカ侯爵、内戦への干渉の準備はどうかしら？」

「はっ、順調に進んでおります。支援物資も集まり、改革派へ寝返らせる貴族への接触ルートも確立済み。後は次期女王様のご裁可さえあれば……」

「上々ね。ただ、間違っても許可が下りる前に干渉を始めることは許さないわ」

「重々承知しております」

ディアナの言葉にゼルーカ侯爵が深く頭を下げる。

ここに両者の力関係が明確に表されていた。

長年の安定した統治によって、ルーンヴァリス王家は国民から絶大な支持を得ている。

もし貴族たちが王族の許しを得ずに独断で他国へ介入しようものならば、すぐに領地で反乱がおきてしまうだろう。

大貴族のゼルーカ侯爵でも、王族で最年少であるディアナの足元にも及ばない。

よって、次期女王の座を得る計画でも、姉たちに深い愛情を向ける彼女に配慮した方法が取られていた。

「次期女王選定についてですが、当初の計画どおり行ってよろしいでしょうか？」

「ええ、進めてちょうだい。セラ姉様とカルミラ姉様には一度ご病気になっていただくわ」

もちろんこの病気というのは建前だ。

実際にはふたりの姉を王城の別館に幽閉し、その間にディアナが次期女王となる宣言を行う。

一度決まってしまったものは、なかなか覆らない。

ディアナには部下たちを纏めるカリスマもあり、元々女王候補として申し分ない能力があるからなおさらだ。

「姉様たちに、苛烈さと冷徹さが求められる女王の座は似合わないもの。お母様も女王争いには干渉してこないはずだわ。ルーンヴァリス王国の王位継承は実力主義だから」

「御身が次期女王となられれば、王国はより発展していくでしょう」

「ふん……まあ、姉様たちは最初からあまり女王の座を狙ってはいないようだから、わざわざ幽閉なんかせずともいいと思うのだけど」

「いざというときに、おふたりを担ぎ出そうとする輩がいるかもしれません。念のためです」

「分かっているわ。ただし、くれぐれも姉様たちに乱暴な真似はしないでちょうだい」

そう言うと、ディアナは腕を混んでゼルーカ侯爵へ鋭い視線を向ける。

「もし傷の一つでもつけたら、問答無用であなたの首を飛ばすわよ？」

「ははぁ！　肝に銘じておきます！」

再び深く頭を下げる侯爵の姿を見て、ディアナは軽くため息を吐いた。

「じゃあ、計画の決行は明日よ。油断のないように」

「もちろんでございます。セラフィーヌ様、カルミラ様、両者のスケジュールは侍女から情報を入手済みです。本来は、スケジュール管理の大本であるあの執事から情報を奪えればよかったのですが……」

貴族間の政争という混沌を乗り越えてきた侯爵が、不快そうに表情をゆがめる。

予想以上に執事ジュリアンの部屋はガードが固く、侯爵子飼いのスパイでは侵入すらできなかったのだ。

「あの男、何者ですか？　何度も敵対貴族の屋敷から情報を盗み出してきた私のスパイが諦めるなど、相当なものですぞ」

「元はただの旅商人よ。でも、あの執事長が太鼓判を押したのだから、それなりに仕事が出来るということでしょう。姉様たちのスケジュールが分かっているのなら問題ないわ」

「はい、計画どおり警備の少ない時間を狙って事を進めます」

こうして、ディアナは王位継承を狙って動き始めた。


翌日の朝。

セラフィーヌは朝食を終えて自室に戻ってきていた。

侍女たちに世話をされながらお茶を飲んでいる。

「さて、今日の予定はなんだったかしら……ああ、確か午後からお茶会に呼ばれているわね。それまでのんびりしていようかしら」

そうつぶやいてカップをテーブルに置いた瞬間、部屋の扉がノックされた。

「あら、誰かしら？　訪問の予定は入っていなかったと思うけれど」

「見てまいります」

侍女が一礼して向かい、扉を開ける。

「きゃっ!?　あ、あなたたち、いったい何事ですか？　ここはセラフィーヌ様のお部屋と知っての狼藉ですか!?」

すると、開かれた扉から十人ほどの人間が中に入ってきた。

城内を警備している衛兵とは違う兵士たちだ。

彼らは侍女の制止も聞かずにセラフィーヌのほうへ近づいてきた。

「あらあら……いったい何事なのかしら……」

彼女は突然のことにも動揺せず、普段どおりの姿を見せていた。

そして、兵士たちが整列して道を開けると一組の男女がやってくる。

それを見たセラフィーヌは僅かに目を見開いた。

「ディアナ……」

そこにいたのは第三王女のディアナと、ゼルーカ侯爵だった。

「おはようございます、姉様」

ディアナは堂々とした態度でセラフィーヌの前に立つと、いつものように挨拶をする。

ゼルーカ侯爵はディアナの背後に控えて様子を見ているようだ。

「ええ、おはようディアナ。朝食で姿を見なかったけれど、まさかこんな準備をしていたなんて思わなかったわ」

「突然押し入ってしまってごめんなさい。でも、これも姉様たちのためなんです」

「わたしと、それにカルミラのため？　いったいどういうことかしら、説明してほしいわ。いっしょにお茶でもしながらゆっくり話さない？」

「……セラ姉様は本当にマイペースですね。借りにも兵士たちに囲まれているというのに」

少し呆れたように、それでいて感心したようにつぶやくディアナ。

彼女はもう一歩前に出ると、セラフィーヌへ手を伸ばした。

「セラ姉様、わたくしと別館へ来ていただけませんか？　お部屋をご用意してありますので、詳しい話はそこで致します」

「そう。でも、午後からお茶会の予定があるの。それには間に合いそう？」

「心配ありません。セラ姉様とカルミラ姉様には、これから一ヶ月ほど別館で過ごしていただきます。その間全てのスケジュールはキャンセルしますから、のんびりしていただけますよ」

姉を安心させるように笑いながらも、有無を言わさぬ声音で言う。

そんなディアナの姿に、姉である彼女は少し悲しそうな表情をした。

「あなたの狙いは次期女王の座ね。でもこんな方法を取らなくとも、女王になりたいのなら応援してあげるのに」

「姉様にそう言っていただけるだけで、とても嬉しいです。でも、今回は万が一にも失敗するわけにはいかないのです。わたくしといっしょにきていただきます」

そう言うと、ディアナは兵士たちに目配せする。

彼等がセラフィーヌを完全に囲むと、彼女もさすがに諦めたようだ。

「……わかったわ。ディアナの言うとおりにする」

「ありがとうございます。できれば乱暴なことはしたくないですもの」

セラフィーヌは椅子から立ち上がり、兵士たちに囲まれながら部屋を出る。

残った数人の兵士は、侍女たちを監視するためにここへ残るようだ。

すると、セラフィーヌが部屋を出る直前に振り返った。

「これでわたしの身柄は確保したことになるけれど、カルミラはどうするのかしら？」

「もちろんこれから伺います。スケジュールは把握していますから」

「なるほど、スケジュールを……だからわたしの警備が緩い朝にやってきたのね。でも、よく城内にこれだけの兵士を連れ込めたわね」

彼女はどこか不思議そうに周りの兵士を見る。

「衛兵がいるはずなのに」

「確かに衛兵は王家直属の兵力ですから、そう簡単には動かせません。でも、わたしも王女なのですよ？　多少の無理はできます」

「なるほど。お母様ほどの強制力はなくとも、王族の命令なら、一時的に動かすくらいはできるものね」

衛兵を完全に味方につけることはできないまでも、侯爵の私兵を十名程度なら、中に連れ込むことはできたようだ。

王家に反乱を起こすような命令ならともかく、王女のすることに関して衛兵は中立だ。

セラフィーヌは感心したように頷き、続けてディアナに忠告した。

「けれど、すべてがスケジュールどおりに進んでいるとは限らないわよ？　カルミラの場合は急に仕事が舞い込んでくることも多いもの」

「忠告感謝します姉様。そうですね、早めにカルミラ姉様の下へも向かうことにします」

ディアナはセラフィーヌが護送されていくのを確認すると一息ついた。

「お疲れ様ですディアナ様。後はカルミラ様だけですな」

「まだ油断できないわ。早く向かわないと。でも……ふふっ、これで次期女王に近づいたのは確かね」

彼女は満足そうに笑うと、残った兵を引き連れてカルミラの下へ向かうのだった。

第四章　高慢な末姫を快楽に堕とせ

その日の朝、俺は王女たちの朝食が終わったあとカルミラに同行して部屋まで来ていた。

「すみません、朝から手伝っていただいて」

彼女は執務机に向かってさっそく書類仕事をしている。

西方の隣国との貿易に関する書類だ。

本来は昨日の内に終わる仕事だったのだが、会議が遅れて日をまたいでしまっていた。

本日の昼までに決済しなければいけないため、朝から執務室に籠りきりというわけだ。

「カルミラ様、お茶を用意してまいります」

「ええ、お願いしますね」

俺は給湯室に向かい、彼女のお気に入りのお茶を用意すると、再び執務室へ戻ろうとする。

本来ならお茶の用意は侍女がするのだけれど、機密性のある書類の事務ということで入室が制限されている。

「カルミラは急いでいたから朝食も半分ほど残していたし、摘まめるパンでもいっしょに持っていくか。……ん？」

しかし、戻る途中で違和感を覚えた。

「普段見かける衛兵がいない？」

王城はこの国の中心だから、警備が厳重だ。

いつもならば、廊下を歩いていると数分感覚で巡回している衛兵に出合う。

しかし今は給湯室へ行って帰ってくる間に一度も衛兵の姿を見ていない。これはおかしい。

「何か問題が起こっているのか？　それにしては城内がいつもどおり静かだけど……急いだほうがいいな」

俺はお茶を載せたトレーを持ったまま走り出した。そして、カルミラの執務室へ戻ってくる。

すると中で音が聞こえたので、慎重に扉を開けて様子を見た。

「なっ!?　やっぱり嫌な予感が当たったか！」

俺の視線の先では、カルミラが執務室から連れ出されようとしていた。

彼女を確保しているのは、見覚えのない兵士たちだ。

それらの背後には、ディアナとゼルーカ侯爵がいる。

「貴方たち、私を王女と知っての狼藉ですか!?」

抵抗しようとするカルミラだが、兵士たちはしっかりと確保している。

もともと彼女に戦う力はなく、怪我をする心配もないほど圧倒的な差だ。

「無駄ですよカルミラ姉様。その兵士たちの主はわたくしなのですから、いくら姉様が言っても聞く耳を持ちません」

「ディアナ……」

彼女は呆然とした表情で妹を見つめている。

抵抗がなくなったので兵士たちも手を離し、カルミラは自由の身となった。

とはいえ、自力でこの場から逃げ出すことはできないだろう。

「どうしてこんなことを？」

「わたくしが次期女王になるためですよ。カルミラ姉様とセラフィーヌ姉様には表向きしばらくご病気になっていただいて、その間に王位継承権をいただきます」

「そんな、セラ姉様まで!?　ディアナが次期女王へ意欲があるのは知っていました。けど、こんな行動をとるなんて。……ゼルーカ侯爵、貴方がそそのかしたのですね！」

妹から侯爵のほうへ視線を動かす。カルミラの目には珍しく怒りの感情が込められていた。

しかし、侯爵は動揺することなく頭を下げる。

「私はディアナ様に計画の提案をさせていただいただけです。全ての決定権はディアナ様ものですぞ」

「そのような言葉、簡単に信じるわけが……」

そこでディアナがふたりの間に割り込む。

「姉様、侯爵の言っていることは本当です。全てわたくしの判断です」

「……ディアナ、これが貴女の考え方なんですか？　力づくで継承権を得るなんて」

「あら姉様、歴史の授業をお忘れかしら？　このルーンヴァリスでも過去には王位継承のためにし烈な争いが行われているのですよ。確かにわたくしは家族としてお姉様たちやお母様を愛していますが、それとこれは別問題です」

これに関しては確かにディアナの言葉にも一理ある。

個人としての感情と王族としての考えは、分けておくべきだからだ。

しかし、このままカルミラを連れていかれるのは見過ごせない。

すでにセラフィーヌにも手が回っているようだし、ここで止めなければ。

俺は決意すると、床にトレーを置いてから勢いよく扉を開けて執務室に突入した。

「誰っ!?」

「あっ、ジュリアン！」

ディアナが慌てて振り返り、こっちを見たカルミラが驚いて声を上げる。

「申し訳ございませんカルミラ様、遅くなりました」

兵士の数は六人。

カルミラの周囲に四人で、残りふたりはディアナと侯爵を護衛している。

王城の中ということもあり、あまり多くの兵士は入れられなかったのだろう。

しかし、その代わりに見るからに手ごわそうだ。

女王陛下を守る近衛騎士には一歩劣るが、城の衛兵よりは強いだろう。

「俺はカルミラ様とディアナ様両方の執事です。しかし、王城に無関係な兵がいる以上は、カルミラ様を守る必要があると考えます」

「ふん、たかが執事風情がわたくしの敵に回るということかしら？」

ディアナは落ち着きを取り戻すと、俺をにらんでくる。

侯爵や兵士たちもこちらを見て臨戦態勢だ。

「執事だからこそ、主の危機には全力で立ち向かいます」

「ふん、生意気ね。ジュリー、貴方のそういうところ、以前から気に入らなかったのよ」

ディアナが目配せすると、護衛をしていた兵士がひとり近づいてくる。

「執事といえど、王女殿下たちの前で失礼な奴だ。俺が教育してやろう」

兵士は兜の奥から見下すような視線を向けつつ、筋骨隆々な腕を伸ばしてくる。

「殿下たちの前で血を見せる訳にはいかんから、手加減はしてやろう」

「確かに、その意見には賛成するぞ」

「何を生意気な……ぬぉっ⁉」

俺は伸ばされた腕を横から掴むと、体をひねって一気に引き寄せる。

兵士は予想外に強い力に一瞬驚いた表情見せ、動きが固まった。

そのせいで俺の一瞬の動きの変化に対応できずに投げられ、そのまま床に激突して気を失った。

「な、なんだっ？　何が起こった⁉」

精鋭の部下が一瞬で倒されたことで、侯爵が動揺する。

一方、ディアナは俺に向けた視線をさらに鋭くしていた。

「貴様、よくもやったな！」

「今度は五人がかりだ！」

残っていた兵士たちが鬼の形相でこちらに迫ってくる。

さすがに剣は抜かないようだけれど、一対五となると形勢が悪い。

「けど、武器ならある……」

数歩下がると扉のところへ置いておいたトレーを持ち上げ、手近な兵士に向かって振りかぶった。

向こうは俺が中に入ってきたときに手ぶらだったので、油断していたんだろう。

「なっ……うぐっ！」

一撃を避けられず頭部に食らい、まず先頭の兵士が倒れる。

「このっ、こしゃくな奴だ！」

「左右から挟み込め！」

さすがに俺のことを脅威と感じたのか、連携して攻撃をしかけてきた。こういうときは各個撃破が有効だ。右側の敵を足払いでバランスを崩して足止めし、左側のふたりを一気に倒す。

残った右側のふたりも床に投げ、首を絞め落として無力化する。

状況的に、相手が重装備でなかったことにも助かった。

「ぬっ……ぐぅ……き、貴様何者だ！　ただの執事ではなかったのか!?」

「ただの卑しい出自の執事ですよ。多少荒事の経験があるくらいで」

兵士たちが動かないのを確認してから、ディアナと侯爵のほうへ向き直る。

「し、信じられるか！　その兵士たちは我が領軍の精鋭だぞ!?　それをこんな若造がひとりで！」

どうやら侯爵は目の前の光景が信じられないようで、まともに動けないらしい。

大貴族といっても、実際に脅威が目の前に迫っては冷静さを保てないようだ。

その一方、ディアナは先ほどから油断ならない視線を向けている。

その目に強い敵意を宿しながらも隙を見せていない。

「……ディアナ様、ここで諦めていただけませんか？」

「わたくしたちのやろうとしていることを、理解しているとでも言うの？」

「もちろんです。隣国の内戦への介入と資源利権の確保、ですよね」

「ッ！」

まさか執事風情に知られているとは思わなかったのか、わずかに動揺を見せた。

「どうやってその情報を知ったの？」

「こちらの手の内を全て明かす訳にはまいりません。ただ、内密の話に劇場を使うのは今後避けられたほうが良いかと思います」

「なるほど、あのときね。警備はしていると聞いていたけれど、あれでは足りなかったかしら」

ディアナが侯爵のほうを見るが、彼は俺のほうに意識が向いていて気づかないようだ。

彼女は失望したようにため息を吐くと、侯爵のほうへ右手のひらを向ける。

「ディ、ディアナ様？」

「お前はもういいわ。眠っていなさい。『スリープ』」

「ぬ、おぁっ……？」

魔術が発動すると、すぐに侯爵の意識が飛んでその場に倒れ伏した。

そして、いよいよ敵意をむき出しにしながら俺を指差す。

「ああもう！　役立たずはともかく、いい加減お前のことを始末したくなってきたわ！　突然やってきたと思えば、お姉様たちに性教育し始めて、たくさん淫らなことをしてっ！」

どうやら言いたいことを言うために、侯爵を眠らせたようだ。

確かに、性教育に関しては貴族たちにも聞かせられない。

このことを判断できるディアナには、まだ冷静さが残っていると思い俺も話に応じる。

「しかし、性教育に関しても女王陛下から任された仕事なのですが……」

「わたくしもお姉様たちも、このルーンヴァリス王国の王族よ!?　それがどこの馬の骨とも知れない男に純潔を捧げるなんて！　お姉様たちはなぜか納得しているようだけれど、わたくしは受け入れないわ！」

しかし、どうやらディアナには俺の話を聞く意思がないようだ。

それどころか、この場でどさくさに紛れて俺を始末しようとしている。

「わたくし直々に成敗してあげましょう！」

こちらに指先を向け、魔術を放とうとする。だが、俺もそれと同時に動いた。

「断罪の雷を受け入れなさい、『ライトニングレイピア』！」

「『フィジカルブースト』！」

身体能力を瞬間的に強化させ、ディアナの背後へ回り込む。

そして、そのまま俺を見失っている彼女を羽交い絞めにした。

「きゃっ!?　えっ、なに？　なんでこうなっているの!?」

突然のことに、さすがのディアナも混乱しているようだ。

周囲からは、瞬間移動でもしたかのように見えたかもしれない。

しかし俺が使ったのは、単純な身体能力を強化する魔術だ。

普通に使っても筋力などがかなり強化されるが、目で追えなくなるほど速くはならない。

しかし、俺の場合は魔術自体に手を加え、瞬発力に特化して強化できるように改良していた。

魔術に独自の改良を加えるのはかなり高度な技だけれど、子供のころ行商の最中に幸運にも高名な魔術師に師事する機会があり、そのときに助言を受けて改良することができた。

おかげで数秒だけだけれど、視力を強化していない人間には捉えられないほどの速さで動くことが出来る。この魔術ならディアナを安全に取り押さえられるし、攻撃魔術ではないから安心だ。

「いくら王女様といえど、城内で人間に害を及ぼす魔術の使用はご法度です。女王陛下にお伝えしなければなりませんよ？」

女王の名前が出ると、さすがのディアナもビクッと体を震わせて押し黙る。

「ぐっ……」

帯剣を許されている衛兵でも、正当な理由なく剣を抜けば厳罰が下される。

それが王女であろうとも、女王陛下ならば手心は加えないだろう。

次期女王となる可能性は、ゼロになってしまうに違いない。

ただ、この場では目撃者が俺とカルミラしかいないのでどうにでもなる。

負傷者が出ていないのが幸いだ。

雷の魔術で壁が焦げてしまったが、この程度ならしらを切れば問題ない。

「ディアナ、魔術を使うのはやりすぎです。少し冷静さを失っていたみたいですね」

「カ、カルミラ姉様……？」

カルミラは俺たちのほうへやってくると、ディアナを正面から見つめる。

「貴女の、家族や王国を想う気持ちは理解しました。しかし、こうやってすぐ貴族の計画に乗ってしまうようではいけません！」

「でも、こうすれば国がもっと豊かになると思ったから……」

咄嗟に視線をそらそうとするが、カルミラがディアナの頭を押さえて自分のほうへ向けた。

「ですが、決める前に私やセラ姉様に相談することも出来たのでは？　事は国全体の今後に関わることなのですから、自分ひとりで決めないでください。即断即決はあなたの長所ですが、同時に欠点でもあることをよく理解しなさい！」

「は、はいっ！」

カルミラもさすがに今回のことで妹を擁護しないようだ。

姉から直々にお説教をされると、ディアナも意気消沈する。これまで末妹として大事にされていたし、立場的にも能力的にもこうして怒られる経験はなかったようだ。

押さえていた腕を放しても暴れることはなく、その場に座り込んでしまう。

「わたくしは姉様たちの代わりに女王になりたかったんです……おふたりとも優秀ですけれど、絶

対に女王には向いていませんわ」

「そ、それほどですか？」

ディアナのつぶやきを聞いて、カルミラが少しショックを受けているようだ。

「セラ姉様は人を育てたり使ったりするのが上手ですけれど、自ら部下を率いて行動する積極性がありません」

「確かに……」

「そして、カルミラ姉様は仕事をすべておひとりでできてしまうほど優秀なので、上手く部下たちと協力できていないように見えます」

「ぐっ……そ、そう言われると反論しづらいですね」

カルミラも思い当たる節があるようだ。

これについては明確に反対しない。

「おほん、その話は脇に置いておいて……。今回の問題は、いくら身内といえど無罪放免とはいきません」

「……分かっていますカルミラ姉様」

ディアナも城内で魔術を使ったのは悪いと思っているようで、反省しているらしい。

普段強気な彼女が、しゅんとして落ち込んでいる姿は初めて見た。

「ジュリアン。申し訳ありませんが、ゼルーカ侯爵と兵士たちを拘束しておいてもらえませんか？

私はディアナを連れてセラ姉様の元へ向かいます」

「了解しました。あまり大ごとにはしないほうがよさそうですね」

貴族が王城内に自分の兵士を招き入れ、こともあろうに王女を監禁しようとしていたなど、とんでもない。普通に考えれば反逆罪だが、今回はディアナも犯人側に加担してしまった事情がある。下手をすると王家の権威に傷がついてしまうので、発表は慎重にならざるを得ないだろう。

ルーンヴァリス王国、そして女王陛下は、実力で継承権を勝ち取るのを是としている。

しかし、それを大ごとにして国民の不安を煽ってしまうのは避けたいという気持ちもあるに違いない。カルミラはその辺りのことを考えて、姉妹で相談する時間がほしいと言っているのだ。

「ありがとうございます、任せましたよ。ではディアナ、行きましょうか」

「は、はい……」

意気消沈したままのディアナを連れて、部屋を出るカルミラ。

俺はそれを見送って、さっそく侯爵たちの拘束に取り掛かる。

拘束した侯爵とその私兵は、気絶している内に縛っておくことにした。

そして、洗濯物を運ぶ台車を持ってくると、その上にひとりずつ乗せて地下の牢獄へ運んでいく。

王城内の牢獄は、俺の記憶にあるかぎり十年以上使われていないので、すぐに侯爵たちの存在がバレることはないだろう。結託して脱獄できないよう、それぞれ別の牢屋に入れると、しっかり鍵がかかるのを確認してから上に戻る。

あとは、定期的に牢獄を点検している使用人に、しばらく立ち入らないようお願いしておけば大丈夫だろう。

王女専属執事という立場を利用して、カルミラの命令という名目で口止めもしておく。

王城で働く使用人たちは、王族に忠誠を誓っているので問題ない。

バレたら職権乱用でクビにされるかもしれないけれど、緊急事態なのだから大目に見てもらう。

それから、セラフィーヌが閉じ込められているという別館の部屋へ向かうことに。

逸る気持ちを抑え、不自然にならないよう急ぐ。

部屋に到着すると、中ではすでに、王女姉妹がテーブルを囲んで話し合っていた。

「失礼いたします」

「ああ、ジュリアン。お疲れ様です、上手くやってくれましたか？」

俺の姿を見たカルミラが立ち上がって近づいてくる。

「はい。侯爵たちは地下の牢獄へ運んでおきました。数日は隠せるでしょう」

「助かりました。ありがとうございます」

「お褒めに預かり、光栄です」

報告して礼をすると、カルミラも満足そうに頷く。

「ちょうどいいですから、貴方もこっちに来てください。大まかな方針は決まりました」

「俺も聞いていいのですか？」

規律を無視した王女の処遇など、機密事項だろう。なるべく知っている人間は少ないほうがいいはずだ。すると、セラフィーヌが俺を見てクスクスと笑う。

「当事者なのに、今さら何を言っているのかしら？　ちゃんと最後まで付き合ってもらうわよ」

「そういうことでしたら聞かせていただきます」

確かに少しは、面倒ごとに巻き込まれるかもしれない。

けれど、彼女たちから信頼されていると思うと嬉しい気持ちもあった。

「それで、いかがなさるのでしょうか？」

王女たちと同じ席に座る訳にもいかず、テーブルの前で立ったまま問いかける。

質問に答えたのはカルミラだった。

「まず、やはり大々的に発表することはしません。王位継承争いが起こったとなれば、国民の不安を煽り、他国に隙を見せるだけで良いことはありませんから」

どうやら今回の件は隠蔽するようだ。

「でも、無罪放免だと王家の威信に傷がついてしまうわ」

「確かに。隠蔽しても、勘のいい貴族や商人は、何か起こったと嗅ぎつけるでしょうね」

セラフィーヌが補足して、それに俺は頷く。

執事見習いとして数年働いている間に、王城を中心とする政争の様子は何度も見てきた。

話題に敏感な商人や老練な貴族たちは小さなチャンスでも見逃さず、利用して勢力拡大を図るだろう。けれど、今回は不可侵の存在である王族が中心となった案件だ。

下手に触れれば大やけどをしてしまう以上、彼らも慎重にならざるをえないだろう。

「それに、ゼルーカ侯爵には罰を与えます。王族を利用しようとした者を、無罪にする訳にはいきません」

「どうするので？」

「これもあまり目立たないようにしつつ、侯爵には後継者に爵位を譲らさせ、貴族界から引退させます」

「これまでの王国への貢献もあるから、お家取り潰しという訳にはいかないわ。そこまで大ごとにすると他の貴族も介入してくるでしょうし」

「侯爵を引退させることで、貴族たちに事件は片付いたと理解させる意味もあります」

暗黙の了解、というやつだろうか。直接言葉にしなくとも、大勢に意思を伝える方法はあるらしい。このあたりは、さすが王族といったところか。

国内の貴族たちを上手く制御する方法を身に着けている。

そして、その他の細かい計画まで聞かせてもらった。

一通り聞いた限りでは、穴もなく完璧な計画だ。

これでこの事件はすべて片付いてしまうだろう。

「ふぅ、こんなに頭を使ったのは久しぶりだわぁ……」

椅子に座ったままぐぐっと伸びをして、ため息を吐くセラフィーヌ。

この収束計画はセラフィーヌが大筋を作って、そこにカルミラが細かく修正を入れたものだ。

正直に言うと、セラフィーヌがここまで政治的な話が出来るとは思わなかった。

「あら、意外そうな顔ね？」

「い、いえ。そんなことは……」

「いいのよ、わたしだって滅多にしたくないくらい苦手だもの。カルミラの助けがなければ投げ出していたわ」

「私こそ、ひとりで考えていただけでは実行できないでしょう。セラ姉様のおかげです」

この計画は、セラフィーヌが選抜した信頼のおける役人が実行役になる。

カルミラひとりでも計画自体は立てられたかもしれないが、実行するにはセラフィーヌの協力が不可欠だ。そう言った意味では見事な姉妹の連携というところか。

「事件の後処理については了解いたしました。俺もそれに沿って動くようにします」

とはいえ、出来ることといえば、何を聞かれても口をつぐんでいることだろう。

侯爵や周囲への対処は、セラフィーヌの部下が行うだろうし。

俺は普段どおり王女たちの執事として仕事をするだけだ。

ただ、唯一気になる点があるとすれば……。

「あの、ディアナ様はどうなさるのですか？」

部屋に入ってから一度も言葉を発していない、末姫のほうを見る。

彼女は普段の堂々とした態度が完全に消え去り、小さくなって下を向いてしまっていた。

「ディアナも、しばらく謹慎してもらうことになりますね」

「まあ、確かに王城内で魔術を使ったのは拙かったけれど、幸いにも怪我人が出ていないもの。廃嫡という事態は免れると思うわ」

ふたりの言葉を聞いて俺は少し安心した。

確かに今まであまり良い関係を築けたとはいえないけれど、仕える主のひとりだ。

それが犯罪者の烙印を押されて、追放されてしまっては忍びない。

「そうですか、分かりました」

「あら、あまり気にしていないのね。下手をすれば殺されていたかもしれないのに」

セラフィーヌが意外そうな顔で首をかしげる。

「主人のわがままを聞くのも使用人の仕事です。執事長に教わりました」

「ふふっ、魔術を撃ち込まれてそう言えるジュリアンくんは、なかなか大物よ」

楽しそうに笑うと、そのままディアナのほうへ向く。

「それであなたはどうするの、ディアナ？」

「……わたくしが、ですか？」

そこで初めて彼女が顔を上げた。

どうやら憔悴しているようで、元気がないように見える。

頬には涙が流れた跡まであり、可愛らしい顔が台なしだ。

嫌いな俺がいるというのに弱みを見せているなど、相当だな。

ディアナは姉たちを敬愛しているから、多大な迷惑をかけてしまったことがショックなんだろう。

もともとは、姉たちを女王の重責から解放するのが目的だったのだから。

それが結果を見れば、自分の失態でこんな状況になっているのだから無理もない。

「ディアナったら、わたしたちにはさんざん謝ったのに、ジュリアンくんには謝罪の言葉一つもないでしょう？」

「そうですよ。ジュリアンにはいちばん迷惑をかけているんですから」

ディアナはふたりの姉に挟まれ、困惑している様子だった。

「で、でも……わたくしがジュリーなんかに……」

「んー、困ったわねぇ」

「いい加減にしないとまた怒りますよ？」

「ううっ……」

どうしたらいいかと首をかしげているセラフィーヌと、なかなか素直に謝らないディアナに憤っているカルミラ。様子を見ればすでにひと悶着あった後のようだし、ここでまた争いを起こすのは良くないと思った。

「あの……俺は別に気にしていないので、その辺で許していただけると……」

「ジュリアン、ですが……」

「いいんです。慣れていますから」

世の中には理不尽が溢れている。ここ王城も例外ではない。

父親といっしょに色々な国々を見て、経験を積んだのは幸運だと言える。

気に入らないからといきなり魔術を放たれるなんて、治安の悪い国なら日常茶飯事だ。

「ふむ……だそうよ、ディアナ。ジュリアンくんは許してくれるみたい」

「わ、わたくしはジュリーに情けなんてかけられたくないわっ！」

ようやく俺のことを認識し始めたのか、ディアナにいつもの調子が戻ってきたようだ。

けれど、まだ本調子ではないようで勢いがない。

「もう、許してもらっている立場で生意気ですよ！　しばらく自室で謹慎ですから、大人しくしていなさい」

「うぐっ……は、はい……」

カルミラに叱られて肩を落とす。

そんな彼女の姿を見て少し不憫に思ってしまっている自分がいた。

とはいえ、これで今回の事件は一件落着だ。

侯爵たちの処理が残っているものの、それはセラフィーヌの部下が上手くやるだろう。

ディアナのプライドに大きな傷をつけながらも、こうして一段落ついたのだった。

＊　＊

それから一週間後。表向き王城は普段の雰囲気に戻っていた。

というか、勘のいい者でも異常があったことすら察知できなかっただろう。

俺の知る範囲では、わずかに執事長や侍女長などベテランは、王女たちの雰囲気から何かあったことだけは察したようだ。

謹慎しているディアナ付きの侍女たちには、緘口令が敷かれている。

これはセラフィーヌとカルミラ連名による命令だった。

もし情報を漏らせば、本人どころか一族郎党極刑という厳罰が下される。

とはいえ、王女の傍付きに選ばれるほどの使用人は王家へ高い忠誠心を持っているので、大丈夫だろう。万全を期すならば侍女にも関わらせないほうが良いけれど、謹慎となると世話をしないといけないため、それは難しい。

幸い王女の性教育に関するものより機密度は低いようで、信用できる侍女が幾人か選抜されていた。そう考えると、異国人の身で王女たちの専属執事になり性教育をまかされている俺が、いかに異例かよくわかる。

「それではおふたりとも、用意が整いましたので会場へお願いします」

「分かったわ。カルミラ、行きましょうか」

「はい、セラ姉様」

今日はセラフィーヌとカルミラが、それぞれ知人を呼んでのパーティーが開かれている。

セラフィーヌは言うまでもないけれど、カルミラも王女としてそれなりの人脈はあった。

そんなふたりが合同の主催者ということで、かなり規模の大きなパーティーになっている。

王城の大ホールでもギリギリで、隣のホールを第二会場にしているくらいだ。

女王陛下がパーティーを開いたときの大きさに匹敵するだろう。

それでも俺を始め使用人たちは機敏に動き、円滑に運営していく。

セラフィーヌたちも順当に主催者としての役目をこなしていた。

数時間後、役目が終わると彼女たちが少しホッとした様子で控室に戻ってくる。

「お疲れ様でした。見事なご挨拶でしたよ」

「わたしはカルミラの作った文章をそのまま読んだだけよ」

「私はセラ姉様にお願いしてよかったです。さすがにあの人数が相手だと、緊張してしまって……」

さすがの彼女たちも、精神的に少し疲れの色を見せている。

しかし、ようやく一息ついたことでそれも休まったようだ。

「この後はどうなさいますか？　予定は空いていますので、お休みになってもよろしいと思いますが」

大きなパーティーの後ということで、休憩のためスケジュールは空けてある。

すると、セラフィーヌとカルミラが顔を見合わせた。

「カルミラ、そろそろよいころじゃないかしら？」

「ええ、そうですね。もう一週間になりますし、落ち着いているでしょう」

どうやらふたりは、なにか予定を考えていたらしい。

「ジュリアンくん。あなたもこのあと空いているかしら？」

「はい。何なりとお申し付けください」

ふたりがすることに合わせるため、こちらも余裕を作っておいた。

すると、セラフィーヌが何度か頷いた。

「ならちょうどいいわ。ついてきてちょうだい」

「はい」

二つ返事で了解すると、部屋を出て彼女たちについていく。

数分後、たどり着いたのはディアナの部屋だった。

ちょうど部屋から侍女が出てきて、セラフィーヌたちを見ると頭を下げる。

「ディアナの様子はどうかしら？」

「落ち着いておられます。最初の数日はあまりお元気がなく、食も細かったですが、今は回復してきています」

「そう、なら大丈夫そうね。少し話をするから、使用人たちには近寄らないように言っておいてくれるかしら」

「承りました」

再度頭を下げる侍女を横目に、三人で室内へ入った。

ディアナはベッドに腰かけていたが、姉たちが入ってくるのを見ると驚いて立ち上がった。

「セラ姉様にカルミラ姉様まで!?　謹慎中のわたくしに、どうして……」

「今日はディアナに話があってきました。まずは座ってください」

カルミラに促されてベッドに座るディアナ。

俺はセラフィーヌとカルミラに椅子を用意して、その後ろに控える。

その間にディアナがチラッとこちらを見たけれど、何も言わず視線を戻した。

俺に言いたいことの一つや二つはあるだろうけれど、姉たちのほうが優先のようだ。

「……それで、話というのはなんでしょうか？」

「あなたの処遇について、お母様に相談したわ」

「ッ！」

その言葉にディアナの肩がビクッと震える。

苛烈な性格で知られている彼女にとっても、母親である女王陛下は絶対的な上位者として君臨しているのだ。

そのお言葉となると、たとえ極刑でも甘んじて受け入れなければならない。

「お、お母……女王陛下はなんとおっしゃったのですか？」

「『迅速に事態を収拾したおかげで実害は比較的少ないが、罰は与えなければならない。どのようなものが相応しいかは被害者である第一、第二王女に任せる』だそうよ。寛大なお言葉ね」

つまり、厳重な罰を与えようが軽微な罰で済まそうが、セラフィーヌたち次第ということだ。

そして基本的に妹を可愛がっているふたりなら、心情に反して苛烈な罰を与えることはしない。

とりあえず命が脅かされることはないと悟ったのか、ディアナが安心してため息を吐く。

「とはいえ、あまり軽微な罰で済ませるとお母様からの信用を失ってしまいます。王城内での危険な魔術の使用は本来、重罪ですからね」

「そうねぇ、そこが悩ましいところだったわ。でも、一つ良い案を思いついたの」

「……姉様？」

俺から見えるディアナが、戸惑いの表情を浮かべている。

セラフィーヌとカルミラの横顔を見ると、彼女たちは笑っていた。

まるでこれから悪戯をするような、そんな楽しそうな笑みだ。

「わたくしに、何をしろというのですか？」

「なんてことないわ、わたしたちもやっていることよ」

「ええ、ディアナは今までサボっていたんですから、たっぷり補習をしてもらわないと」

その言葉でディアナは罰の内容を悟ったのか、信じられないという表情をしている。

「そ、そんなっ……姉様たち、冗談ですよね？」

「いいえ、本気です。これからディアナには、ジュリアンから性教育を受けてもらいます」

「ぐっ……」

歯を噛み締めて悔しそうにしているディアナ。

一方、突然名前を出された俺はどう反応していいのか分からなかった。

「性教育って、いまディアナ様にですか？　いやいや、そんな……」

これほど嫌われているのに、性教育をするなんて信じられない。

思わず内心をつぶやいてしまった。

それを聞いたのか、セラフィーヌが俺のほうへ振り返る。

「あら、ジュリアンくんはあまり乗り気じゃないかしら。まあ、無理もないわ。性教育中に怒ったディアナが魔術を使ったら、さすがのあなたでも今度は防げないでしょうし」

「も、もう二度と城内で魔術は使いません！」

セラフィーヌの言葉を聞いて、必死で反論してくるディアナ。

まあ、かなり姉たちに叱られたようだし魔術については懲りているんだろう。

ただ、それと性教育とはわけが違うという考えのようだ。

「元々ジュリアンはお母様から性教育を任されています。何が不満なんですか？」

「だって、王族の教育係はもっとしっかりした出自で信頼できる人間がするものでしょう？　実際、わたくしの先生たちはみんなそのような人間ばかりだったわ。でも、ジュリーはルーンヴァリスの人間ですらないのよ!?」

確かに、そう言われると俺は完全に場違いだ。

いちおう執事になるにあたって正式にルーンヴァリス王国民にはなっているけれど、ディアナの言うことにも一理ある。

王家の維持に重要な部分を外国人任せというのは、一般的な思考だと心配だろう。

「カルミラ様。ディアナ様の意見も少し聞いてあげたほうが……」

「ジュリアンは優しいですね、大怪我をさせられそうになったのに。でも、ここは譲れません」

カルミラはいつになく強い口調でそう言うと、ディアナを見つめる。

「ディアナは一度、私たちとジュリアンの性教育を見て経験しましたよね？　それから時間があったのにも関わらず、覚悟が出来なかったじゃないですか」

「で、でも……」

「私もセラ姉様もディアナの意見は尊重したいです。けれど、性教育を受けるのは王女としての義務ですよ。義務を果たさない者は、当然女王にもなれません」

「ッ……！」

さすがにこの言葉は効いたようで、ディアナががっくりと肩を落とす。

「ディアナ、罪を償って立ち直るという意思を持って性教育に励みなさい。もちろん、ジュリアンに失礼な真似をしてはいけませんよ？　彼は先生なんですから」

「たくさんエッチなテクニックを覚えて、お詫びの意味も込めてご奉仕すればいいんじゃないかしら。応援しているわよ！」

「カルミラ姉様、それにセラ姉様まで……」

姉ふたりにここまで言われては、彼女も受け入れざるを得ない。

「……分かりました。これからは励みます」

「ふふ、いい返事ね。安心したわ！　じゃあジュリアン、後は任せていいかしら？」

笑顔で頷いたセラフィーヌがこちらを振り向いて問いかけてくる。

この状況で出来ませんと言うことは出来ない。

「精一杯やらせていただきます」

「ありがとうございます。妹のことをよろしくお願いしますね」

「何かあったら相談に乗るから、遠慮なく言ってちょうだい」

こうして、俺は改めてディアナの性教育をすることになった。

そして、最初の一回は彼女が性教育を受け入れたことを確認するためこのまま行うことに。

セラフィーヌたちが見ている前で、俺とディアナはそれぞれ上着を脱いでベッドに上がった。

「……性教育は受けるけど、変なことをしたら殴るわ」

「十分に気を付けます」

まだ姉たちに怒られたのが効いているようで、普段よりは少し大人しめなディアナ。

けれど、俺に対する視線と言葉からは警戒心が十分すぎるほど伝わってきた。

彼女に言われずとも、セラフィーヌたちが見ている以上普段より気を付けなければいけない。

「確認しますが、今日ここでディアナ様の純潔をいただいてしまってよろしいでしょうか？」

「どうせいつかは奪われるのだから、姉様たちに見守られながらがいいわ……」

「分かりました。では、最初に少しずつ気分を高めていきましょうか」

そう言いつつ、彼女に近づいていって腰に手を回す。

「むっ……続けなさい」

若干睨まれたけれど、このくらいなら大丈夫なようだ。

以前、一回セラフィーヌとカルミラとのプレイに参加したことがあるので、まったくの未経験ではないのが幸いした。そして、彼女の体を支えながら空いている手で愛撫していく。

「わたくしの体に……んっ……」

最初は胸元からだ。

姉妹でいちばん大きなセラフィーヌには負けるけれど、カルミラに匹敵する巨乳だ。

服越しに左手でゆっくりと揉み、愛撫していく。

まずは乳房全体をすくい上げるように下からゆっくりと柔らかく。

つづけて、彼女の体が指の感覚に慣れてきたら、徐々に大胆に。

「くぅっ……」

「ディアナ様はとても魅力的です。普通の男性相手なら、基本的な知識さえ身につければすぐものにできるでしょう」

「……でも、それくらいセラ姉様やカルミラ姉様もしているでしょう？」

「確かに、お二方ともとても優秀でした。セラフィーヌ様は積極的にテクニックを学んですぐ応用まで進んでしまわれましたし、カルミラ様は一つ一つテクニックを完璧にマスターしていきました。どんな男に狙いをつけても簡単に堕とせるでしょう」

今のセラフィーヌとカルミラは、熟練娼婦も裸足で逃げ出すほどの腕を持っている。狙っても堕とせないのはすでに枯れている老人か早すぎる子供、後は男性側に受け入れない事情がある場合だけだろう。

ディアナにも、そのレベルになってほしいとまでは思わない。

元から持ち合わせている魅力を考えれば、基本的なテクニックだけで十分だからだ。

彼女の性格から考えても、騎乗位など女性上位の体位を中心に教えたほうがいいだろう。

ただ、最初だけは安全の意味でも俺に任せてもらったほうがよい。

「んん、くぅっ……いつまで胸を揉んでいるつもり？」

「そろそろよい頃合いですよ。乳首が硬くなってきました、体が興奮していますね」

「なっ!?　誰がこんないやらしい手つきで興奮するものですか！」

キッと鋭い視線でこちらを睨みつけてくるディアナ。

けれど、体の反応のほうは正直だった。

先ほどから愛撫している左胸の乳首は、はっきりと分かるほど硬くなってしまっている。

「ディアナ様がそうおっしゃるのなら結構です。ただ、指導は続けさせていただきますね。まずは性行為の快感を経験していただきませんと」

そう言うと、今度は腰に回していた手で右胸を揉み始める。

「ひゃうっ!?　ちょっと、やり方を学ぶだけなら片方で十分……んっ、やっ！　あんっ！」

先にもう片方の胸を刺激していたからか、快感は順調に広がっているようだ。

そして、空いた左手は下へ向かわせる。

「セックスをするには、ここを解しておくことは必要ですからね」

服の中に指を侵入させ、下着越しに秘部へ触れる。

「いひゅっ！　あぅ、やぁっ！　ダメッ、そんなところ触らないでっ！」

「落ち着いてください。大丈夫です、すぐ気持ちよくなりますから」

突然の刺激に驚き、逃れようとするディアナ。俺はなんとか彼女を引き留めながら愛撫を続ける。

胸も先ほどより少し大胆に、指が柔肉に食い込むように力を入れて揉む。

「く、あぅっ……や、あぁあぁぁっ！」

すると、ディアナの口からだんだん嬌声が漏れるようになってきた。

刺激がそのまま快感へ直結するようになった証拠だ。

体の準備が整ってくると、秘部への愛撫も本格的にする。

割れ目にそって指動かし、より刺激を大きくしていった。

「やだっ、そんなところ触らないでっ！」

「でも、前には一度触れさせていただきましたよ。そのときと同じことをするだけです」

「同じことって……あぅ、ひんっ！　はぁ、あぅぅぅっ！　ひゃあぁっ！」

話の途中でも指の動きは止めない。

しつこいくらいに同じ場所を行き来して愛撫していると、徐々に奥から湿ったものが溢れてきた。

「あぁぁぁ……やっ、やだぁ……漏れちゃうっ！」

ディアナも自覚しているようで、顔を羞恥で赤くしながら横に振っている。

けれど体の興奮は止まらず、下着が愛液で濡れ始めてしまった。

「ダメ、やあぁっ！　見ないで、触らないでぇっ！」

「まだいけません。初めてなんですから、もう少しよく濡らしておかないと」

俺から離れようとするディアナの力はなかなか強かった。

魔術の他に剣術も習っていたというし、かなり運動神経はいいんだろう。

けれどそれは女性にしてはというだけで、俺からすればちょっと機嫌の悪い小動物が腕の中でもがいているようなものだ。少し苦労しながらもしっかりと体を抱き、愛撫を続けていく。

秘部がよく濡れてきたのを確認すると、今度は中へ指を入れ始めた。

これは愛撫というより、中の濡れ具合と狭さを確認するものだ。

けれど、ディアナは何を勘違いしたのか腕の中から逃げ出そうとする。

「やっ、待って！　放してっ！　指でなんていやっ！」

「まさかこのまま指で処女膜を破るとでも？　そんなことはしませんよ。けど、少し中がキツいですね……」

年齢ゆえか体質によるものか、セラフィーヌやカルミラより中が狭いようだ。

少し苦労するかもしれないけれど、今更やめるわけにはいかない。

「ではディアナ様。これから純潔をいただきます。何かご希望はありますか？」

そう問いかけると、いよいよ観念したのか彼女の動きが止まる。

「……顔を見られるのは嫌だわ」

「では後ろからに致しましょうか。……考えてみれば、これで初めては三人とも後ろからですね」

姉妹それぞれ性格は違うのに、妙なところで血のつながりを感じてしまう。

「別にそんなことで慰めなくていいわよ……」

「すみません。気づいてしまったもので、つい口に出てしまいました」

謝りつつも体のほうはしっかり準備を進めている。

最初は戸惑っていたディアナだけれど、俺が文字どおり手取り足取りで、どのようにすればいいか教えていく。セックスするのに邪魔な服は脱ぎ去り、俺は全裸でディアナは半裸状態だ。

恥ずかしさに顔を真っ赤にしながらも、四つん這いになってお尻がこちらに向けられた。

引き締まったお尻はこれもかなり魅力的で、思わず鷲掴みにしたくなる。

「ううっ……なんでわたくしがこんなことを……！」

「性教育は王女様たちに必要なことですので。ほら、セラフィーヌ様とカルミラ様もご覧になっていますよ？」

「わ、分かってるわ！」

ふたりは椅子に座って目立たないよう、静かにしつつ様子をうかがっていた。

彼女たちの存在を意識したのか、ディアナも少しだけやる気になったようだ。

けれど、まだ俺に犯されることには納得していないように見える。

「さっさと済ませなさいよ。もう十分なんでしょう？」

「確かに濡れ具合は十分です。ただ、あまり義務的に行うより快感を楽しんだほうが成長は早いと思うのですが……」

「この期に及んでわたくしに意見するの!?　本当に生意気ね。こちらのことは気にしなくていいのよ」

「そう言う訳にもいかないのですが……分かりました」

話し合いがなかなかうまくいかないのなら、実際にセックスする中で説得していくしかない。

彼女を愛撫している間に硬くなっていた肉棒を取り出すと、そのまま秘部へ押しつけた。

そして、ぐっと腰を前に押し出す。

「んぎゅっ……くっ、あぁぁぁっ！　中に、くるっ！」

肉棒が、たっぷりと濡れた秘部へ潜り込んでいく。

愛撫のおかげで潤滑剤は十分だけれど、その代わりに強い締めつけが挿入を拒んできた。

「本当にキツいですね。これは一苦労だ」

「わ、わたくしだってこんな……あうぅっ、中が広げられてるっ！」

始めて感じる感覚にディアナが困惑しているのが見て取れた。

それでも、愛撫で体が熱くなっているからか、快楽も感じているようだ。

「このまま奥までいきますよ、ディアナ様！」

「はぁ、はぁっ……ここまできたら、ひと思いにやりなさいっ！」

言われたとおり、一気に腰を前に動かして肉棒を膣内へ埋めた。

愛液の滑りを頼りに締めつけを突破して、処女膜を貫く。

そして、そのまま彼女の最奥へ到達した。

「あぐうぅぅぅううっ！　はひっ、ふあっ、はうぅぅ……」

破瓜の衝撃と、肉棒が子宮口を突き上げた刺激で大きな悲鳴があがる。

「だ、大丈夫ですか!?」

「このぐらい平気よ。はぐぅ……はぁ、はぁっ……姉様たちもこんなことを経験したのね……」

息を荒くしながらも、弱みを見せまいと強がっている。

ただ、ようやく自分が姉と同じ経験が出来たという点では、良かったと思っているようだ。

「もう少し落ち着くまで、こうしていましょうか」

「気遣いはいらないって言っているわ。それに、わたくしは大丈夫よ！」

ディアナはだいぶ強がっているようだけれど、大丈夫だというのなら信じよう。

俺は彼女のお尻を両手で掴むと、ゆっくりと腰を動かし始めた。

「あんっ、はぁっ……ジュリーのものが中でっ、んんっ！」

どうやら痛みのほうは治まってきているようで、苦痛を感じさせる声は引いている。

その代わりに、わずかながら喘ぎの混じった声が聞こえるようになっていた。

「ディアナ様の中もすごいですよ。四方八方から締めつけてきて……」

「わ、わたくしのことは実況しなくていいのよ！」

「でもだんだんと気持ちよくなってきているようですし、よい兆候ですよ。これなら性教育も上手く進みそうです」

「うぐっ……わたくしがこんなことで気持ちよくなるなんて、そんなはずないわ！　ジュリーの気のせいよ！」

ゆっくりとピストンを続けているとディアナが反論してくる。

体のほうはいい具合になっていると思ったけれど、心はそうでもないようだ。

なら、もっと認めざるを得ないほど気持ちよくしてあげたほうがよさそうだな。

「では、ディアナ様の体も慣れてきたようなので、これよりもう少し動きを速くしますね」

「えっ？　これよりも!?」

俺の言葉に驚いて振り返るディアナ。どうやら予想外だったらしい。

「以前セラフィーヌ様たちとの性教育をご覧になりましたよね。まだその半分以下の勢いですよ」

「そんなっ……ちょ、ちょっと待っ……あううぅぅっ!?」

彼女が何かを言う前に先制してピストンを強めてしまう。

本人が大丈夫だと言っているのだから、これくらい平気だろう。

ディアナの場合性教育が少し遅れているから、最初からエンジンをかけていかないと。

……危うく丸焼きにされそうになった恨みも少しだけ混じっているけれど。

「ま、待ちなさいって言ってるのにっ、ひゃあぁぁぁぁぁっ！　やっ、まだダメッ、ひぅんっ!!」

ディアナは激しさを増したピストンで否応なく嬌声を上げさせられている。

もう体のほうは、かなりセックスに順応してきたようだ。

さすが、セラフィーヌたちの妹というべきか。

いや、セックスへの適正はルーンヴァリス王家の血なんだろうな。もう何度も王女たちとセックスしている俺でも、このままディアナに夢中になってしまいそうな快楽がある。

「こ、このわたくしが、あなたなんかにっ……やぁっ、きゃふぅぅぅうっ！」

「いいですね、どんどん気持ちよくなっているじゃないですか。ディアナ様もセックスの才能がありですよ」

「そんな才能なんて、別に要らないのに！　あひぅっ!?　あっ、またっ、あひぃぃぃぃぃぃっ！」

しっかりと掴み、ディアナの桃尻に腰を打ちつける。

室内に体同士がぶつかりあう乾いた音が響き、こちらを見ているセラフィーヌとカルミラの顔も赤くなってきた。

ディアナは両手でシーツを握りしめて快感に耐えようとしているが、上手くいっていない。興奮で熱い吐息を吐き、俺から見える背筋には汗を浮かべていた。

「ダ、ダメなのにっ……ひゃ、あああぁぁあぁぁっ！　ひぎっ、そんなっ、奥まできてるっ！」

さんざん愛撫した膣内は蕩け切っていて、腰を動かすごとに肉ヒダがヒクヒクと震える。

さらに彼女独特のキツい締めつけも相まって、肉棒を引っこ抜かれそうだ。

ディアナ自身も、今まで感じたことのない刺激を受け止め切れていない。

「さあ、せっかく性教育を受けてもらえるんですから、いろいろなことを教えていきましょうか」

「ッ!?　ま、まだするというの？　わたくし、もう限界で……」

はぁはぁ、と呼吸を荒くしながらこちらを振り返るディアナ。

確かに、セックスを始める前にあった余裕は消え去っているようだ。

「ならば一度イってしまえばいいんです。我慢するのも辛いですからね」

「なっ……ちょっと待ちなさい！　やぁっ、また奥にっ……ひゃあああぁぁぁああっ!!」

彼女が逃げないように腰を両手で掴み、全力で打ちつける。激しいピストンにディアナの体全体が揺れ、特徴的に赤いツインテールもそれに合わせて揺れていた。

興奮であふれ出した愛液は肉棒にかき出されてこぼれ落ち、足を伝ってシーツまで濡らしていく。

すでにベッドの上は、俺とディアナのセックスの余波でメチャクチャだ。

「ダメッ、これぇっ……くるっ、きちゃうのっ！　やめてぇっ!!」

とうとう我慢できなくなったようで、ディアナの口から弱音がこぼれた。

けれど、それくらいじゃセックスは止まらない。

「そのままイってください。最後まで動きますからねっ！」

性教育という建前こそあれど、今の俺はディアナとのセックスに夢中になってしまっていた。

いかに彼女に快楽を与え絶頂させるか、それを考えて腰を動かす。

肉棒で刺激して反応のいい場所を見つけると重点的に責め、よりディアナを乱れさせた。

「ダメッ、ダメなのぉおっ！　くるっ、本当にイッちゃうからっ！」

「ええ、そのままイってください！」

「いやっ、待って！　あぅ、ああっ……ひゃあああぁぁぁぁあっ!!」

次の瞬間、互いに一気に快感が噴き上がった。

全身がゾワゾワと震え、次に蕩けてしまうほど熱い快感が押し寄せてくる。

「イクッ、イクッ！　こんなっ……あひっ、ひぐううぅぅうううぅぅぅっ!!」

ディアナの体が大きくビクンと震え、絶頂した。

頭のてっぺんからつま先まで快感が行きわたっていく。

それに合わせて膣内も締めつけられ、子種を搾り取られてしまった。

「くっ……ぐぅっ！」

ドクドクっと肉棒が震える度に精液が吐き出されていく。

膣内が真っ白な子種汁まみれになって、子宮の中も満たされていった。

「あぅ、ああっ！　熱い、お腹の奥が熱いっ！　蕩けちゃいそう、こんな感覚初めて……」

とうとう体を支えきれなくなったのか、ガクッと上半身を倒すディアナ。

ベッドへ突っ伏すようにしながら、荒く息を吐く。

「ひぃ、ひぃ、はぁぁっ……」

絶頂の余韻で呼吸も乱れたままで、どうしようもないらしい。

初めての中イキに興奮しすぎて体がついてこれなかったようだ。

「はぁ、ふぅ。ディアナ様、大丈夫ですか？」

一足早く復帰した俺は、彼女の体を支えつつそう問いかける。

下半身のほうはまだ、俺が支えていないと潰れてしまいそうだった。

「うぐっ……これが、大丈夫なように見えるのかしら？」

なんとか少しだけ体を動かし、こちらへ視線を向けてくる。

姉たちの意向で性教育は受け入れたけれど、俺には心を許していないという雰囲気だ。

「申し訳ございません。まだ自分の技量が足りないのが原因です」

セラフィーヌとカルミラの経験があるけれど、ディアナを満足させるには足りなかったようだ。

「……それより、いい加減にそろそろ抜いてもらえないかしら」

ディアナの視線が俺の顔から下に移る。

そういえば中出ししたあと、そのまま入れっぱなしだった。

ゆっくりと腰を引くと、締めつけも緩まっていたおかげかあっさり抜ける。

けれど、激しいセックスのせいで入り口がなかなか締まらない。

「んっ、あぅ！　やっ、待って！」

ディアナもそれに気づいたのか少し慌て始めたけれど、すでに遅かった。

ぽっかりと開いた秘部から、中出しした精液があふれ出てきてしまう。

「ダメッ、漏れちゃうっ！　ああ、こんなっ……うううぅっ……！」

彼女の努力もむなしく、あふれ出た精液がシーツを汚してしまった。

そこには、破瓜の証拠である赤い色も混じっている。

そして、体を起こしてそれを見たディアナがますます顔を赤くしていた。

「こ、こんなに出てくるなんて……どれだけ中に出したのよっ!?」

「あまりに気持ちよかったもので……すみません」

「ううっ、まだ漏れてくる……お腹の奥、子宮までタプタプだわ。こんなの、避妊していなかったら絶対孕んじゃう……」

俺もディアナとの初めてのセックスということで、想った以上に興奮してしまっていた。

確かに、こうして見ても自分に呆れてしまうほどだ。

それから落ち着くのを見計らって大きめのタオルを渡すと、彼女はそれで体を隠す。

ディアナはそのまま後ずさりして俺から距離を取り、向かい合って座り込む形になる。

「これで満足なの？　ちゃんとセックス出来るって証明できたのだから、もういいでしょう？」

「ああ、いや……もう少ししっかりと、テクニックについて学んでいただきたいのですが……」

ディアナはこれ一回で終わらせたいと考えていたようだけれど、そうはいかない。

いちばん優秀なセラフィーヌでさえ基本に一ヶ月、応用でさらに一ヶ月ほどかかったのだ。

カルミラと同じくらいと見積もっても、基本のテクニックを習得するまでに一ヶ月以上かかるだろう。

そんなとき、様子を見ていたセラフィーヌたちがベッドまでやってきた。

「ディアナ、初体験おめでとう。上手くいったみたいね」

「セラ姉様！　ええ、ちゃんとセックスできました。だから、セラ姉様ももう十分だと思いますよね？」

俺が性教育を続けようとしているからか、姉を味方につけたいようだ。

けれど、その場合セラフィーヌを選ぶのは失敗だと思う。

彼女はベッドへ上がって妹のもとへ近づいていく。

「ね、姉様？」

そして、ディアナの隣に座ると腰に手を回す。

「それより、ディアナはセックスを体験してみてどうだったかしら？」

「えっ……そ、それは……」

あまり言いたくないのか、視線を逸らして口ごもる。

普段ハキハキとしている彼女からすると珍しい光景だ。

「あの、出来れば俺にも聞かせてください。次回以降に反省として生かさせていただきますので」

ディアナの性教育はこれまででいちばんの難物だ。

けれど、本人から意見を聞かせてもらえれば改善できるだろう。

セラフィーヌやカルミラがいっしょにいる今が、彼女から話を聞きだすチャンスだった。

「……別になんともないわ。たいして痛くもなければ気持ちよくもないし」

「あらぁ、本当かしら。わたしの目ではちゃんとイっていたように見えたけれど」

「ッ！　あ、あれは演技よ！　そうしないとジュリーが終わらせてくれないと思ったから……」

姉に指摘されて慌ててそう答える。けれど、俺からするとどうもおかしい。

「演技だと言うには、あのときのディアナ様は真に迫っていたように見えましたね。体の反応も、絶頂を表していました」

「ジュリーの勘違いよ！」

「だとすると、あれだけのことを演技できるディアナ様は、すでにかなりのテクニックをお持ちということになりますね」

俺がそう言うと、隣にいたセラフィーヌがクスクスと笑う。

「それはおかしいわねぇ。ディアナは確かに処女だったのに、いったいどこでそんなテクニックを学んだのかしら？」

「そ、それはっ……」

さすがの彼女もこれ以上言い訳が出てこなかったのか、言葉が完全に詰まってしまう。

そこへ様子を見ていたカルミラが助け船を出してきた。

「セラ姉様、あまりディアナをいじめないでください」

「むう、ちょっとくらいいいじゃない。せっかく久しぶりにディアナの可愛い反応が見れたのに」

「確かに最近はディアナも成長して、私たちにいいところを見せようと強がるようになってしまいましたから……って、そうではありません！」

それからセラフィーヌはカルミラに怒られて、ディアナに謝ることになった。

そして、その視線は次に俺へも向けられる。

「ジュリアンも少し反省してください。初めてなのにあんなに激しくして、壊れてしまったらどうするんですか？」

「申し訳ございません……」

俺なりに経験に基づいてこれくらいなら大丈夫だろうと勢いを調節していたけれど、最後のあたりは少し張り切りすぎてしまった。

これについてはあまり弁明のしようがない。さらに、カルミラの視線はディアナにも移る。

「最後にディアナですが……」

「カルミラ姉様!?　な、なんでわたくしまで!?」

「個人的にジュリアンが苦手ならば仕方ありませんが、それでも性教育は大事なことです。教えを乞うのに嘘をついてはいけませんよ」

「うぐっ……」

これもまた正論でディアナも返す言葉がない。

「それで、本当のところはどうだったのですか？」

「ぐっ……さ、最後のほうは気持ちよかったです」

観念したのか、彼女は誰とも視線を合わせないようにしつつそう告白した。

「ふふっ、そうそう、ディアナは素直なほうが可愛いわ♪」

その姿を見て笑みをより深め、遠慮なく妹を抱きしめるセラフィーヌ。

「むぎゅっ!?　い、今は抱きつかれるとセラ姉様まで汚れてしまいます！」

「あら、セックスの最中にそんなこと気にしないわ。どうせならこのままわたしも参加して、もう一回しましょうか？」

「今日はもう結構です！　わたくしはお湯で汚れを落としたいので失礼します、姉様！」

ディアナはなんとか脱出すると、大きめの上着を取り出して羽織り部屋を出ようとする。

「ジュリアン、ディアナについていってくれますか？」

「分かりました。お任せください」

「ディアナのことをよろしくね、ジュリアンくん」

ふたりから任せられて、服装を整えるとディアナの後を追う。

「ディアナ様！　そう急がれてもまだご入浴の準備は出来ないと思います」

「なんでジュリーがついてくるの!?」

「俺は王女様方の専属執事ですので」

廊下で彼女を捕まえると、跪いて頭を下げる。

「そのまま向かわれてもお湯が沸くまでに風邪を引いてしまいます。どうかご自愛ください」

「ジュリーのくせにわたくしの道を遮ろうだなんて生意気だわ！　教育を受けてあげるのも姉様たちの口添えがあったから……はくちゅっ！」

言葉の途中で、頭上から可愛らしいくしゃみの音が聞こえた。

「ディアナ様、お願いします。風邪をひかれてしまうとお姉様方はもちろん、女王陛下も悲しまれます」

「……仕方ないわね。お風呂の用意ができるまで温かい場所に連れていきなさい」

その言葉に一安心して、彼女を近くの暖房が効いている部屋に誘導していく。

部屋に入ったのを確認すると、近くにいたメイドを呼び止めてお風呂の用意をするように頼み、俺も部屋の中に入る。適当に椅子へ座っていたディアナは、入ってきた俺の姿を見てため息を吐いた。

「はぁ、本当にジュリーを相手に性教育を受けなきゃいけないのかしら……」

「誠心誠意お仕えいたしますので、どうかお許しください」

「……まあ、姉様たちからも言われているから性教育は受けないといけないわね。生憎とすぐには他の適任者が思い浮かばないし」

ディアナはそう言うと、右手を上げて俺を指さす。

「やるからにはしっかり教えなさい？　すぐ姉様たちに追いついて見せるんだから！」

「はい！　お任せください」

こうして、俺はようやく三姉妹の性教育を始めることが出来るのだった。

＊　＊

一度ディアナに認められてからは、今までが嘘のように性教育が進んだ。

毎夜、三姉妹の誰かしらの部屋に呼ばれてテクニックを実践で教えていく。

「ふふっ、待っていたわ。今夜はわたしの番ね♪」

セラフィーヌは相変わらずいちばん積極的で、俺が部屋に入るなりベッドへ押し倒してくる。

すでに服を彼女にはぎとられ、互いに肌を擦り合わせていた。

「今日のお昼の会議がとっても退屈だったから、ずっと、夜にジュリアンくんとどんなエッチをしようか考えていたの」

仰向けで横になった俺に、豊満な肉体を押しつけながら囁く。

「セラフィーヌ様はもう、出来るだけ経験を積む段階にきていますから、どんなことでもお付き合いしますよ」

「ジュリアンくんなら、そう言ってくれると思ったわ♪」

彼女は嬉しそうな笑顔を浮かべると俺の頬にキスする。

そのまま朝まで付き合わされてしまい、翌日の仕事に遅れそうになった。

さらに別の日、場所はカルミラの執務室だ。

その日の分の書類をすべて片付けて書記官に運ばせたあと、彼女にその場で求められた。

「はぁ、んんっ……ジュリアン、もっと強く抱いてくださいっ！」

普段彼女が使っている椅子に俺が座り、カルミラは俺に跨って腰を振っていた。

望みどおり手を回して体を抱きしめると、嬉しそうに体を震わせる。

「セックス、すっかり好きになってしまいました。ジュリアンがたくさん気持ちいいことを教えたせいですよ？」

「好きになっていただけたなら嬉しい限りです。何事も、上達するいちばんの方法はそれを好きになることですから」

カルミラは頷くと、また腰を振って快楽を味わう。

「その調子ですカルミラ様。腰の使い方も上手くなってきましたね」

「もっと上手になれば、気持ちよくなれますから……んんっ、あんっ！」

それからも夕食の時間になって侍女が迎えに来るまで、執務室で交わった。

そして、ある意味最も重要なディアナとの性教育は……。

「はぶ、ちゅるるっ……れろっ！　ふぅ……この味にもなんだか慣れてしまったわね」

「忌避感がなくなるのは良いことですよディアナ様。テクニックのほうも上達しています」

ベッドの上、仰向けで横になった俺の股間に彼女が顔を埋めていた。

肉棒に舌を這わせて、フェラチオの練習をしている。

「最初は手でするのも嫌々でしたから、すごい上達ですよ」

「仕方ないじゃない、覚えないと先に進めないなんて言うんだから……」

いちおう教師として認めてくれたとはいえ、ディアナの性教育がうまくいくかは、かなりの不安があった。

しかし、いざ始めてみると彼女が思ったより協力的で助かっている。

色々と不満を言ったりはするものの、性教育には真面目に参加してくれていた。

「んんっ……」

「そうです。そのまま根元から上に向かって舐めてください」

「はぅ、れろっ……ぢゅるるっ！」

口元を唾液で濡らしながらも、俺の言葉どおり舌を使うディアナ。

油断すると、あの高慢な王女様が奉仕している姿に興奮してしまいそうだ。

「……ジュリー、なにか変なことを考えていないでしょうね？　さっきからジロジロわたくしのことを舐めまわすように見ていない？」

「そ、そんなことはありませんよ！」

「ふん……あくまで性教育だから付き合っているのよ。そこを忘れないようにしなさい！」

その言葉に何度もうなずきつつ、フェラチオの指導を再開する。

不幸中の幸いと言っていいのかわからないが、謹慎によって性教育をする時間はたっぷりあった。

多少の苦労はあれど、なんとか彼女の教育は進んでいく。

一ヶ月、二ヶ月と時間が過ぎていった。

やがて性教育の開始から半年がたったころ、とうとう三人への指導が完了する。

彼女たちをセラフィーヌの部屋に集めると、話を始めた。

「本日、王女様方に揃っていたのは、性教育の完了をお伝えするためです」

そう言うと、三人はそれぞれ違う表情を見せていた。

セラフィーヌは少し残念そうで、カルミラは落ち着いたまま一つ頷く。

そして、ディアナは嬉しそうに笑みを浮かべていた。

「完了……ということは、わたしたちは一通りテクニックを学び終えたということかしら」

「はい。俺の教えられることはすべて伝授しました」

もともと持っていた知識はもちろん、教育係になってから集めた知識もすべて学ばせた。

「これからは子種を得るために、色々な男性を口説くと思われますが、少なくともセックスに関しては相手を満足させられないということはないでしょう」

王女たちの見た目が完全に趣味から外れてしまっている人はどうしようもないが、そんな男性に目をつける可能性は低いだろう。

ほぼ確実に、狙った相手を堕とせると考えていい。

「そこまで言うのなら、自信があると受けとっていいのですね」

カルミラの問いかけに頷いて答える。そして、姿勢を正すと彼女たちへ頭を下げた。

「これで俺の役目も終わりです。半年間、お付き合いいただきありがとうございました」

「こちらこそ、色々と教えてもらえて助かったわ。でも、寂しくなってしまうわね」

「ジュリアン、お疲れ様でした。おかげで王女としての責務を果たせそうです」

セラフィーヌとカルミラはいつも通りだ。

ディアナはというと、普段より数割増しで機嫌がよさそうだった。

「ふん、ようやく面倒な性教育も終わりね。せいせいしたわ」

「ディアナ様も、最後までお付き合いいただいて、ありがとうございました」

「……まあ、お母様からも言われている役目だものね、仕方ないわ」

何だかんだと言いつつも、しっかりスケジュールどおり性教育を受けてくれたことには感謝している。彼女自身、元が優秀なのも相まって、それまでの遅れを取り戻す勢いの上達具合だった。

「あらぁ？　この前いっしょにエッチしたときはディアナもかなり気持ちよさそうにしていたけど」

「なっ!?　セラ姉様、そんなことないですっ！」

姉の言葉を慌てて訂正するディアナ。

性教育の中では、いろいろな経験を積むために複数人での指導も行っている。

密かに子種を得るという王女の性質上あまり必要性は高くないけれど、一つの経験が別の成果に結びつくこともあるからだ。

少しだけ、ハーレムプレイが味わいたいという我欲が混じったことは否定しないけれど。

そして、思い出してみると確かにディアナは、最初に比べてよく快感を覚えるようになってきたと思う。正確には、感じた快感を隠さずに表す機会が多くなったというべきか。

最初は俺を警戒してあまり喘ぐ姿も見せてくれなかったけれど、最近は愛撫の時点から甘い声が聞こえることも少なくない。完全に無反応だといくら美少女でも男のほうが冷めてしまうかもしれないので、これはいい傾向だった。

「と、とにかく！　性教育が終わったということは、ジュリーも用済みね」

「もう、ディアナったら……ジュリアンは先生なんですよ？」

「カルミラ姉様はジュリーに甘すぎよ！　それで、これからどうするのかしら？」

「教育係の仕事は終わりましたが、引き続き執事の仕事は続けさせていただくことになりました」

そう言うと、ディアナは少し意外そうな顔をする。

「ふぅん、城から追い出されるわけじゃなかったのね」

「俺も少し意外でした。けれど、それだけ評価していただいていると思って、頑張らせていただきます」

俺もてっきり性教育の仕事が終われば、完全にお役御免になると思っていたけれど、そうではないらしい。

これは俺にとって、王女たちの近くで仕事が出来て嬉しい反面、少し動揺するものだった。

何せ、自分の手で性教育した王女たちがどこの誰のものか分かない子種で孕んだ姿を間近で見ることになるのだから。

王女と親子くらい歳が離れていれば少しは落ち着いていられるのかもしれないけれど、生憎と俺はそこまで瞬時に切り替えられるほど、心が冷えていない。

とはいえ国の決まりをどうこうできる立場でもないので、時間をかけて割り切っていくしかないだろう。

「何はともあれ、ジュリアンは大役を見事にこなしてくれました。そのことに深く感謝したいと思います」

「そうね。お母様も、密命だから表立って褒めることは出来ないでしょうけど、何かしらのご褒美はあると思うから楽しみにしていてね」

「ジュリーにご褒美なんて贅沢だと思うけれど、まあいいわ。執事の仕事もしっかりしなさいよ」

最後に三人からそれぞれ言葉をもらい、報告が終わった。

部屋を出ると、自然と大きなため息が出た。

「ふぅ、これでいよいよ終わりか。半年間、長いようで短かったな」

少し寂しい思いもあるけれど、彼女たちに会えなくなったわけではない。

そう考えて、自分に与えられた部屋へ戻ることにするのだった。

俺は王女専属執事として個室を与えられていて、部屋自体も使用人のものにしては立派だ。

部屋の奥に置いてある大きめのベッドに腰掛けると、すぐ眠気が襲ってきた。

「明日からまた執事の仕事だ、頑張らないと……」

服も着替えないまま横になってしまったけれど、身支度は明日の朝すればいいか。

そんなことを考えつつ、眠気に身を任せて意識を失った。


夜も更けたころ、ふと違和感を覚えて意識が浮き上がってくる。

「……？」

うっすらと目を開いてあたりを見渡す。

どうやらまだ夜中のようで、俺が寝入ってから一時間ほどしか経っていないようだ。

それでも城全体はすでに静まり返っている。

そんな中、ふと下半身に何か刺激があることに気づいた。

「な、なんだ？」

体を起こして足元を見てみる。すると、そこには予想だにしない光景が広がっていた。

「ッ!?　ひ、姫様!?」

俺のベッドの上に王女がいた。三人全員だ。

しかも、見る限り彼女たちは一糸まとわぬ姿で、俺もいつの間にか下半身が脱がされてしまっている。それに加えて、よく見れば三人で股間に顔を寄せているではないか。

「くっ……なにをっ……」

股間に走る生暖かくて甘い刺激。間違いない、彼女たちはフェラチオをしていた。

「あら、ようやく起きたのねぇ。遅いわよジュリアンくん」

最初に体を起こしたのはセラフィーヌだった。

豊満な胸を揺らしながら、俺を誘うように妖艶な笑みを浮かべている。

「セラフィーヌ様、これはいったいどういうことですか？　性教育は終わりましたよ」

「そうね、性教育は終わったわ。だからこれは本番よ♪」

「本番って……」

そう言われて思い浮かぶのは一つしかない。王女の子作りだ。

「待ってください、俺が相手なんですか？　しかも三人いっしょに!?」

確かに王女の子作りの対象は、王城にいる人間全員だ。

大臣から馬小屋で下働きしている小僧まで範囲に入っているし、誰も詮索はしない。

けれど、こんなことになるとは欠片も想像していなかった。

「俺はあくまで、性教育の担当だけのはずだったんですが……」

「んっ、ちゅぱっ……ジュリアン、よく考えてみてください」

今度はカルミラが顔を上げると、唾液で汚れた口元を拭いながらこちらを見る。

「王女の子作りの相手の条件で、いちばん重要なものはなんですか？」

「自分が王族の父親だという秘密を墓場まで持っていけること、ですね」

これが破られてしまえば代々の王家の努力が無駄になってしまう。

どうやら俺の回答は正解だったようで彼女は頷く。

「そのとおりです。そして、秘密を守るという点では、半年間の教育係を秘密裏にやり遂げたジュリアンには、すでに実績があるんですよ」

「それは……確かに、言われてみればそうですね」

性教育や執事の仕事に夢中になっている内に、どうやら条件を満たしていたようだ。

そして、最後にディアナが顔を上げる。

「ぷはっ！　はぁ、ふぅ……んんっ」

「ディアナ様まで……」

セラフィーヌとカルミラはまだしも、俺は彼女がこの場にいることが何より信じられなかった。

「……仕方ないじゃない。お姉様たち、私を連行するようにお母様のところへ連れていって、いっしょに子作りの許可をもらってしまったのよ！　逃げようとしても両脇をガッチリと固められちゃってたんだもの」

どうやらセラフィーヌたちは、以前から計画を考えていたようだ。

でなければここまでスムーズに事を進められないだろう。

「あの、ディアナ様はよろしいのですか？　俺と子作りなんて」

「それは、その……」

彼女は俺の問いに対して悩むように視線を動かす。

そのまま数秒迷った後、決意したようでこちらを向いて口を開いた。

「わたくしひとりだけ姉様たちに置いていかれるなんて嫌だもの。それに……他の男たちよりジュリーと子作りするほうが、ほんの少しだけマシよ」

その言葉を聞いて、俺はなんだか胸の奥から熱いものが湧き出てくるような感覚を覚えた。

ディアナにようやく真の意味で認められた気がしたからだ。

かなり苦労して性教育まで行っただけに、その思いもひとしおだった。

「ありがとうございます！　その言葉、一生忘れません！」

「こ、子作りしたらすぐ忘れなさいよ！」

そんな俺たちの会話に姉姫たちが割り込んでくる。

「まあまあ、なんだか妬いちゃうわね。最初にジュリアンくんに性教育してもらったのはわたしなのに」

「わ、私は執事見習い時代からいっしょに仕事をしてきた仲ですから、付き合いはいちばん長いですよ！」

ふたりの姉が俺を左右から挟み込んで、その肉付きのよい体を押しつけてくる。

さっきのフェラチオはまだ頭が覚醒していなかったからそれほど刺激がなかったけれど、今は視界も感覚もはっきりしているのですぐ興奮してしまった。

「あ、あの……」

声をかけると、三人がそれぞれ俺の股間を見つめてくる。

「そろそろ、いい頃合いみたいね」

「ええ、では始めましょうか」

「……優しくしなさいよね？」

彼女たちは一度体を離すと、俺の前で並んで横になる。

俺から見て左からカルミラ、セラフィーヌ、ディアナの順番だ。

女神でも嫉妬しそうなほど見事な肢体を存分に見せつけながら俺を誘っている。

「ジュリー、さっさとしないさいよっ！　ま、待ってるんだから！」

恥ずかしさを我慢できなかったのか、ディアナが放った言葉に俺の理性の糸が途切れてしまう。

まずは俺の理性を吹き飛ばしてくれた第三王女に狙いを定めた。

「なっ！　わ、わたくしからっ!?」

「行動的なのはディアナ様の利点ですが、もう少し考えて実行するほうが良いですよ」

そう言うと、俺はディアナに手を伸ばした。

すでに全裸になっているので服を脱がせる手間がないのは嬉しい。

足を開かせると、右手で秘部の様子を探る。

「やっ、んぅっ！　急に触るなんてっ、ひゃんっ！」

「そう言いつつ、意外と濡れているじゃないですか。ほら、こんなに」

指で触れると、すぐに奥から愛液があふれてきた。

「そ、それはっ……」

「ふふっ、いよいよ子作りするから体が自然と興奮しちゃっているのね」

横にいるセラフィーヌが笑みを浮かべてディアナの手を握る。

「ね、姉様ぁ……」

「大丈夫よ、いっしょにいてあげるから。ジュリアンくんに子種をたくさんもらいましょう？」

ディアナは姉の言葉で少し落ち着いたようだ。

その隙を狙い、彼女たちのフェラチオで硬くなった肉棒を取り出す。

「うっ……い、いつもより大きな気がするわ」

「当たり前じゃないですか、本番なんですから気合も入ってしまいますよ！」

性教育でのセックスはあくまで子作りのための練習だった。

けれど今夜は本当に孕ませるつもりでセックスするのだから、今までになく本能が刺激されていた。ビクビクと震える肉棒を見て少し緊張しているらしい。

「ディアナ、大丈夫ですか？　よければ順番を変わりますよ」

カルミラは妹が緊張しているのを見て少し心配そうにしている。

「大丈夫ですカルミラ姉様。このときのために教育を受けたんですから」

けれど、ディアナはそう言うと俺のほうへ視線を戻した。

「姉様たちが見ているんだから、失敗は許さないわよ？」

「ええ、お任せください」

俺は頷くと一気に腰を前に進めた。

「あぐっ！　はっ、んうううぅぅっ！」

肉棒が膣内に挿入され、ズルズルと奥まで進んでいく。

その刺激で彼女の体が震え、膣内は肉棒を締めつけてきた。

「くっ……このまま奥までいきますよ！」

締めつけを受けながらも、愛液の滑りを頼りに一気に奥まで挿入していく。

「ひゃうっ、はぁ、はぁっ……全部入ったの……？」

肉棒が最奥まで到達すると、大きく息を吐いて体の緊張はほどけていく。

どうやら雰囲気のせいで緊張していたようだけれど、一度始めてしまえばいつもどおりの感覚で出来るようだ。

「ええ、入りましたよ。このまま動いてよろしいですね？」

「普段ならわたくしが動くのだけど……今日は特別よ、好きにしなさい」

「では遠慮なく！」

俺は彼女の足を押さえてしっかりと開かせると、勢いよく腰を打ちつけ始めた。

「んんっ、はぁっ！　いきなり激しっ……ああっ、中がかき回されてるっ！」

姉妹の中でもいちばん狭い膣内を肉棒で蹂躙するようにピストンしていく。

「ディアナ様の中、すごく気持ちいいです。とくに締めつけがたまりませんよ」

「そんな、説明なんてしなくていいわよっ！　はぁ、んうぅぅっ！　ひゃぅんっ！」

ぴったりと腰を押しつけるまで中に挿入して、入り口から奥まで刺激する。肉棒の傘の部分で彼女の中をズリズリと削るようにすると、たちまち可愛らしい嬌声が室内に響いた。

「こんなにかわいい声を上げちゃって。すっかりセックスで気持ちよくなれるようになったわね、ディアナ。わたしも早く欲しいわ……んぅ……」

横では妹が犯されている姿を見て興奮したのか、セラフィーヌが自分を慰めていた。

その姿も目に入って、俺の興奮はより高まってしまう。

「こんな状態、息つく暇もなく体がどんどん熱くなりそうですよ！」

ディアナはもちろん、このあと続けてセラフィーヌとカルミラにも種付けセックスすることになるだろう。

まるでハーレムのようで頭の中が蕩けてしまいそうになる。

「ジュリアンったらそんなに息を荒くして、いつになく興奮しているんですね」

「えっ？」

次の瞬間、背中に何か暖かくて柔らかいものが押しつけられた。

「こちらには振り向かないでそのままディアナとセックスしてください。今の私は脇役ですので」

「カルミラ様！」

耳元でささやかれる落ち着いた声に、張りのある巨乳の感触。

どれも記憶にあって、間違いなくカルミラのものだった。

「ディアナとのセックス、たくさん興奮できるようにお手伝いしますから、気持ちよくしてあげてくださいね」

そう言うと、彼女は俺の耳や首筋へキスし始めた。

「んっ、ちゅうっ……」

押しつけられる胸と唇の感触。セックスを邪魔しない程度に温い刺激でちょうどいい。

興奮はより高まり、ディアナもそれに合わせて高まっていく。

「あうっ、ひゃあぁぁぁあぁっ！　こんなにされたら、もう我慢できなくなっちゃうのっ！」

「いいですよ、そのままイってください！　俺もっ！」

絶頂が近づいたのか、彼女の足が俺の腰に巻きつく。

「だめっ、だめだめっ！　もう無理っ、気持ちよすぎて体がおかしくなるっ！」

ディアナが悲鳴を上げ、限界を訴える。

「ディアナ様、このまま出しますよっ！」

「くぅっ、あぁぁぁあぁっ！　きてっ、中に出してっ！　イクッ、イックウウウゥゥウゥゥッ!!」

次の瞬間、ため込んでいた欲望が彼女の中で吹き上がった。

「あひっ!?　ひゃっ、熱っ……きてるっ、中までぇっ！　はぁっ、あああぁぁっ！」

絶頂と中出しの刺激でトロトロに蕩けて、体から力が抜けてしまうディアナ。

俺は彼女の腰を抱きながら最後の一滴まで奥に注ぎ込んだ。

「はぁはぁ、はぁっ……次はっ！」

「きゃっ、ジュリアンッ!?」

ディアナとの興奮が冷めぬうちに、俺は振り返るとカルミラの腕を掴んだ。

そして、彼女をベッドに押し倒すと襲い掛かる。

突然押し倒された彼女は驚いたようだけれど、俺にもゆっくりと言葉を交わしている余裕がない。

「カルミラ様、全然興奮が治まらないんです。このまましてもいいでしょうか？」

理性を振り絞ってそう言うと、彼女はゴクッと生唾を飲み込む。

「ジュ、ジュリアン、目が少し怖くなっていますよ？」

「あらぁ、ちょっと興奮を煽りすぎちゃったみたいねぇ」

動揺しているカルミラをよそに、隣ではセラフィーヌが面白そうな笑みを浮かべている。

「分かっているなら助けてくださいセラ姉様！　こんなの、ひとりじゃ受け止め切れませんっ！」

「自分で興奮させちゃったんだから、まずは自分で責任を取りなさい。そうしたら助けてあげる♪」

「ね、姉様ぁ……あっ！　そんな、いきなりっ！　きゃあっ！」

俺はもう一分だって待てなくて、話を聞いているのが我慢できずに体が動いてしまった。

「すみませんカルミラ様！　でも、我慢できませんよ！」

教育中なら彼女たちのことを最優先なのに、今は本能のまま動いてしまっている。

足を開かせると、そのまま正常位でカルミラとつながった。

「あひゅうっ!?　ひっ、あうぅぅっ！」

「すごい！　一気に奥までズルッと飲み込んでる。カルミラ様も興奮していたんですね？」

「それは……あ、あんなセックスを間近で見せつけられたら仕方ありませんっ！」

たっぷりと濡らすほど興奮していたことを知られた彼女は顔を赤くしていた。

けれど、そんな恥ずかしさはすぐ吹き飛ばしてやる。

「カルミラ様もすぐ、ディアナ様と同じようにしてあげますよ。ふっ！」

「んあぁっ！　ひっ、んあぁぁぁっ！　そんなに激しくされると体が持っていかれてしまいそうですっ！」

「きちんと抱えていますから大丈夫ですよ。安心して気持ちよくなってください！」

ピストンの衝撃で大きな胸を揺らしながら、与えられる快感に喘ぐカルミラ。

発情して汗の浮いた体に綺麗な黒髪が張りついて、とても扇情的だった。

「あぐっ、ひゃひぃ！　気持ちよすぎて頭がボーっとしてしまいますっ……ひあぁ、んんぅっ！」

「可愛らしく喘ぐカルミラ様も素敵ですよ」

「あぁ、ジュリアン……」

うっとりした目で俺を見上げてくるカルミラ。

「ダメですよ。そんなふうに見つめられると、俺のものにしたくなってしまうじゃないですか」

あくまで彼女たちに選ばれて種付けしているだけで、それ以上の関係は望めないのだ。

分かっていても一度湧き上がった欲望は治まらず、自分の証を刻み込むように深くまで肉棒を突き込む。

「今は、今だけはジュリアンのものですからっ！　もっと強く抱いてくださいっ！」

「ええ、そうします！」

一秒たりとも無駄にしないつもりで腰を使い、絶え間なく快感を生み出していく。

そして、その気持ちよさの中で互いに溺れていく。

「あぅ、気持ちいいです。頭がフワフワして飛んでいってしまいそうですっ！」

「もうイキそうなんですか？　なら、最後にもうひと頑張りしますよ」

俺が腰をギュッと力を込めて掴むと、カルミラがその上から自分の手を重ねてきた。

「私も最後まで放しませんから、ジュリアンも放さないでくださいね？」

「ええ、もちろんです！」

荒い息を整える暇もなく、ラストスパートをかける。

体同士がぶつかる乾いた音に、愛液がかき混ざる卑猥な水音まで混じって、限界へ近づいていった。さっきディアナに出したばかりだというのに、もう我慢できない。

「カルミラ様！　このまま最後までっ！」

体重をかけるようにしながら深くまで挿入してカルミラの子宮を突き解す。

興奮で蕩けた最奥は俺の子種を求めるように締めつけてきた。

「んくっ、あぅ！　私の子宮にあなたの子種、たっぷり植えつけてくださいっ！」

激しいセックスの中、彼女が俺のことを抱きしめて種付けを求めてくる。

その言葉に性感が限界まで高まって、今にもあふれ出しそうだ。

「カルミラ様、イキますよ。全部中に注ぎ込みますから！」

「はいっ！　きてっ……ああっ、ひあぁぁぁぁぁぁっ！」

限界に達した彼女の体が、絶頂と共にこわばる。

そして、膣内も子種を搾り取ろうと激しく締めつけてきた。

「ぐっ、ああっ……カルミラ様っ！」

彼女の体に覆いかぶさるようにしながら思い切り射精した。

ドクドクと肉棒から精液が吹き上がり、膣内と子宮を白く染め上げていく。

中出しされたカルミラも、気持ちよさそうに頬を緩ませていた。

「気持ちいいっ……お腹が熱く満たされて、幸せです……」

彼女は絶頂が治まって少し落ち着くと、最後に一度強く抱きしめて腕から力を抜く。

もう言葉を交わす余裕もなさそうだけれど、意思は伝わってくる。

「……じゃあ、ようやくわたしの番というわけね？」

セラフィーヌは、ディアナとカルミラの間でゆったりと横になりながら待ち構えていた。

俺が移動すると、こちらを見上げてニコリと笑みを浮かべる。

「ジュリアンくん、きて。あなたの赤ちゃんが欲しいの」

そのストレートな要求は、俺の欲望をこれ以上なく煽ってくれた。

すでに二度発射しているというのに、腰の奥からグツグツと熱いものが湧き上がってくる。

「遠慮はしなくていいですね？」

「ええ、今日はジュリアンくんが枯れ果てるまで付き合ってもらうわよっ♪」

セラフィーヌが大きく手を広げて俺を迎え入れる。

そのまま覆いかぶさるようにして腰を前に動かすと、すっぽりと肉棒が膣内に収まってしまった。

「んんっ！　はぁ、気持ちいいっ……やっぱりこれじゃないとダメだわ」

膣内は複雑に蠢き、四方八方から肉棒を締めつけてくる。

膣ヒダが出っ張った部分に絡みついて刺激を与え、根元から先端へ精液を絞り出すように震えた。

俺も、彼女の動きに負けじと腰を動かし始める。

「くぁっ！　相変わらず凄い刺激だ……。でも、これじゃないとダメって、他のものも試したんですか？」

いくらセックスについては手の早いセラフィーヌといえど、半日で男を見繕って子種を搾り取ったとは思えない。

けれど、一度俺の手を離れてしまった時間がある以上は絶対とはいえず、少し不安がある。

「ふふっ、もしかして嫉妬してるの？　可愛いわねぇ。でも安心して、まだジュリアンくん以外とはエッチしてないわ」

「なら、なんであんなことを……」

「もう日常的にエッチするようになってから、ジュリアンくんのもので埋められていないと違和感を覚えるようになっちゃったのよ。指とかオモチャで試してみてもしっくりこないし……」

そう言うと、彼女は自分の手を俺の背中に回して抱きしめる。

「やっぱりこうしてセックスするのがいちばん気持ちいいわ！　このままわたしのものにしちゃいたいくらい！」

「あぐっ！　また中が締まるっ！　そんなに欲しいんですか？」

複雑に絡み合う膣内の刺激で、油断すると射精してしまいそうになる。

「ええ、何度でも孕むまで搾り取ってあげる♪」

「俺も教育係のプライドがあるので負けられませんね」

気合を入れ直すと、本能的になりそうな動きを抑制して弱点を探し出す。

もともと処女喪失からの付き合いなので、肉体的なことは本人に次いでよく知っていた。

けれど、それは向こうも同じでこっちが興奮するように煽ってくる。

「はぅ、んんっ！　はひぃっ、はんっ！　はぁ、はぁ……上手く孕ませてくれたらご褒美になんでも言うこと聞いてあげちゃうから、頑張ってね？」

手を動かして俺の頭を抱きかかえると、他のふたりに聞こえないような小声でささやいた。

「ッ！　それはっ……」

「大切な後継者を仕込んでくれた男の子には、ご褒美が必要でしょう？」

セラフィーヌは普段掴みどころがない雰囲気だけれど、王族としての責任感からか嘘はつかない性格だ。

なんでも、と言ったのなら出来る範囲で何でもしてくれるだろう。

例えば、この高貴な王女様をこっそりとメイドのように侍(はべ)らせ、ご奉仕させたり……。

まだ見ぬご褒美に興奮が燃え上がり、頭の中が熱くなってしまった。

「やぅっ、あひゅうっ!?　んっ、また激しくっ……そんなに孕ませたいの？」

「当然ですよ！　二人でも三人でも、それ以上でも！」

悔しいけれど、この人は本当に人を扱うのが上手い。

自分の欲望を全て叩きつけるつもりで激しく犯し、快楽を生み出していった。

「あひっ、あふぅっ！　わたしも気持ちいいっ、あぅんっ！　くるっ、わたしもイッちゃうわっ！」

ガチガチに硬くなった肉棒で膣内を蹂躙され、さすがのセラフィーヌも限界になっていたようだ。

興奮で全身が火照って息が上がり、激しい刺激に目が潤んでいる。

それでも俺を求めるように手に力を込めるのだから、こっちも全力で犯してしまった。

「ああイクッ！　ジュリアンくんにイかされちゃうっ！」

「はぁ、はぁっ……セラフィーヌ様っ！　孕ませてあげますよっ！」

「きてっ、孕ませてっ！　あなたの赤ちゃんの種、しっかり植え付けてぇっ！」

その言葉と同時に思い切り腰を突き込み、膣奥で昂ぶりを解放した。

「あひゅうぅぅうぅぅっ!?」

次の瞬間、セラフィーヌの腰がビクンと震えて絶頂に至る。

「イクイクッ！　あぁぁぁっ！　ジュリアンッ、あぁぁあぁぁっ！　イックウウウゥウゥウゥッ!!」

俺の腕の中で何度も震えながら、膣内射精の熱を受け止めていた。

肉棒が震えて精液を吐き出すたびに彼女の体も震え、それは絶頂とその余韻が治まるまで続いた。

ようやく腕から力が抜けて解放されると、俺は体を起こして肉棒も引き抜く。

「はぁ、はぁぁっ……ちょっともう動けないかも……」

「セラ姉様ったら……頑張りすぎですよ、もうっ！」

「ううっ……まだ腰に力が入らないわ……」

ベッドの上を見渡せば、三姉妹がそれぞれ美しい肢体を投げ出している。

この光景を自分が作り出したのかと思うと少し信じられないという思いもあるけれど、途方もない満足感を覚えていた。

「性教育じゃない、子作りのためのセックスってここまで気持ちいいのね。ちょっと癖になっちゃいそう」

「……確かに、いつもより気持ちよかったかも」

セラフィーヌの満足そうな言葉に意外にもディアナが同意する。

「セラ姉様はともかくディアナまで！　子作りはいいですけど、色欲におぼれないようにしないといけません！」

「もう、カルミラは固いわねぇ。ジュリアンくん、この子はまだ元気みたいよ？」

「えっ……なっ、きゃあっ!?」

元気そうに喋っているカルミラを捕まえると再び覆いかぶさる。

「ま、待ってください、まだ……あぅっ！」

「今夜は三人とも朝まで放しませんからね！」

体力が残っているかぎり、回復した傍から種付けしてやると決意する。

「むぅ、ジュリーの奴、ちょっと調子に乗りすぎよ」

「そう言うディアナも、休んだらまたエッチするつもりでしょう？」

「それは……だって、あんなもの一度味わったら忘れられなくなっちゃいます……」

「ふふっ、可愛いわねぇ……いっしょに元気な赤ちゃんを産んであげましょうね？」

「……姉様といっしょなら」

横でセラフィーヌがディアナを抱きしめて頭を撫でているのを見ながら、またカルミラを犯しにかかる。

「うぐっ……まだ体が落ち着いていないいんですから、少し気遣ってくださいね。でないと出ていきますよ！」

「分かっていますよ、カルミラ様。赤ちゃんを産んでいただく大切な体ですからね」

それから俺の寝室では絶え間なく嬌声が上がり、それは日が昇るまで止むことはなかった。

俺の性教育係としての仕事は無事満了した。

けれど、これからはそれ以上に大変な、子作りという仕事が始まるようだ。

王女たちに選ばれたことを誇りに思いながらも、その胎の中へ子種を植え付けていくのだった。

エピローグ　王女たちと子作りの日々

性教育係としての仕事を終えた俺は、続けて光栄にも王女たちの子作り相手に選ばれた。

日々執事としての仕事をこなしながらも、王女たちに誘われては子作りをしている。

王城の日常は平穏で、ディアナの事件については上手く隠蔽できたようだ。

とはいえ影響が皆無という訳ではない。

城内に貴族が私兵を連れて入ってきた事実は変わらないので、警備の強化が行われている。

捕らえられたゼルーカ侯爵についても、秘密裏に処罰が下された。

今は領地に送り返されて、監視付きの隠居生活を送っているだろう。

侯爵の周囲の勢力もリーダーが処罰されたことで動きを止めている。

事件の原因となった隣国の内戦についてはまだ続いているが、さすがにそこまでは執事の身分では手が出せない。実際に侯爵を捕まえたのは俺なので何か責任を取らされるかと思ったけれど、それも音沙汰なしだ。

どうやら、事件に関して動くのは最低限にして、存在そのものを隠蔽する方法らしい。

俺にとっては以前の平穏な日常が続くのでありがたい限りだ。

「さて、次の予定は……カルミラ様のところか」

各担当部署の会議に参加している彼女を迎えに行く。

会議室の扉の外で待機していると、真っ先にカルミラが出てきた。

「カルミラ様、お疲れ様です」

「ありがとうございますジュリアン。これが資料です」

彼女から手渡された資料を持って執務室へ向かう。

中に入ると脇に置いてあるテーブルに資料を置き、席に座っているカルミラのほうを向いた。

「今日の予定はこれで終わりですね？」

「はい。今夜は他の王女様方と予定が合わないようですので、夕食は各自で取ることになっています」

朝食や夕食は出来るだけ集まってするのが王家の習わしだ。

さすがに王族だけあって忙しく、食事を共にできるのは半分ほどだけれど。

「カルミラ様はご夕食をどうなさいますか？」

「そうですね……」

少し考えたあとで、何か思いついたようだ。

「ジュリアンはこのあと、何か用事はありますか？」

「いえ、自分もカルミラ様のご夕食が終われば、それ以外は侍女に任せる予定です」

「ならちょうどいいですね。いっしょに夕食にしませんか？」

「お望みならば喜んで」

こうしてこの日は、カルミラと夕食を共にすることに。

彼女の部屋に移ると食事が運ばれてきていっしょに食べる。本来は主人と同じテーブルで食事するなんてあり得ないけれど、そこはカルミラの裁量ということで。

食事を終えると、そのままとどまるように言われた。

彼女は誰もいなくなったことを確認するとベッドへ上がる。

「ジュリアン、こっちに来てくれますか？」

「分かりました」

ここまでくれば何を求めているか容易に理解できた。

ベッドに上がって腰を下ろし彼女と見つめ合う。

そして、どちらからともなく唇を近づけた。

「んっ、あぅ……ちゅうっ！」

互いに唇を押しつけ合い、たっぷりとキスをする。

カルミラの手が俺の体に延びてきて、胸元や背中を撫でてきた。

それに合わせて俺も彼女の体を愛撫していく。

まずは上着を脱がせて胸を揉み、さらにもう片方の手はお尻のほうへ。

「んんっ……はぁ、はぅっ！」

これまでの性教育で、彼女の性感帯をどんなふうに刺激すればよいかは完璧に把握していた。

数分もすると体が上気し、一見して興奮しているのがわかるほどになる。

愛撫している内に互いの服はすべて脱いでしまい、時折肌をすり合わせていた。

相手の温かさを感じられて、興奮を高める一助になっている。

「もう体が熱くなってきてしまいました……本当にジュリアンは凄いですね」

カルミラはうっとりした目で上目遣いに見つめてきた。

さっきまで普段の落ち着いた雰囲気の彼女を見ていただけに、ギャップが可愛くてこのまま襲ってしまいたくなる。

「仮にも、半年間の経験がありますからね」

「もう前戯はいいので、早くセックスがしたいですっ！」

「カルミラ様もだいぶ性欲に正直になってきましたね。もちろんいいですよ」

「今日は後ろからしてほしいです」

それならばと、彼女の望みどおり後背位で挿入しようとする。

しかし、その直前に部屋の扉が開いた。

「ちょっと待ちなさい！」

「なっ、ディアナ様に……セラフィーヌ様まで!?」

最初に部屋へ入ってきたのはディアナで、その後ろにセラフィーヌがついてきていた。

彼女たちはそのまま遠慮なくベッドに上がってくる。

その間に服も脱いでしまい、一糸まとわぬ姿になっていた。

「い、いきなりなんですか!?　それにふたりとも服を脱ぎ散らかして行儀が悪いですよ！」

「抜け駆けしてエッチしようとしていた、カルミラ姉様に言われたくはありません！」

「そうよ、今日は予約していなかったでしょう？　侍女からあなたがジュリアンくんを夕食に誘ったと聞いてピンときたの」

どうやらセラフィーヌが、予定にない行動を怪しんだようだ。それでディアナを誘って乱入してくるあたり、普段はのんびりとマイペースなのに本当に油断ならない。

「うぐっ……」

ひとり抜け駆けして子作りセックスしようとしていたカルミラは、歯噛みしている。

「でも心配しないで、順番に割り込んだりしないわ」

「でも、わたくしたちも参加させてもらいますよ？」

「それなら仕方ないですね……」

こうして、カルミラとふたりきりでセックスするはずが、賑やかになってしまった。

確かに予想外の展開だけれど、もともと今日はセックスする予定もなかったから今更か。

俺は気を取り直してカルミラのほうへ向き直り、彼女の腰を引き寄せてバックで繋がる。

「ひゃんっ、あうぅぅっ！　はぁ、きましたぁっ……んんっ！」

ようやくの挿入に、待ちわびていたカルミラの体が反応する。

肉棒を締めつけて逃がさないようにしながら、さらに雁首へとヒダが絡みついてきた。

これだけでもかなり気持ちいいけれど、俺はさっそくピストンを始める。

「動きますよカルミラ様！」

「はいっ……あんっ、はぁっ！　ふぅぐっ……んんぅぅっ！」

カルミラとのセックスが始まるのに合わせて、左右からセラフィーヌとディアナが近づいてくる。

左からはセラフィーヌ、右からはディアナだ。

彼女たちは、俺に抱きついてくる。

それぞれの体が押しつけられて、柔らかく温かい感触が伝わってきた。

「ジュリアンくん、わたしたちとも楽しみましょう？　ほら、キスしてっ♪」

「わたくしにも、姉様たちといっしょにしなさいよっ！」

同時にふたりから求められて少し困ってしまうが、ディアナを優先することに。

いったんカルミラの腰を解放して、両手で左右の王女の腰を抱き寄せキスをする。

「はむっ、んんぅ……ちゅっ、れろっ！」

一度唇を押しつけて離すと、二回目にはもう舌を出して絡ませ合う。

あまり長ったらしく焦らすようなものは好みではないようだ。

俺はもちろん、ディアナのほうからも積極的に舌を絡ませてきて、いやらしい水音が出てしまう。

「うふふっ、ディアナもすっかりキスが様になってきたわね」

それを見ていたセラフィーヌは楽しそうに笑みを浮かべつつ、片手を動かして俺の乳首を弄り始める。

「わたしにもキスしてくれるまで、ずっとこうしちゃうわね？」

「セラフィーヌ様っ……くっ、さすがに大胆ですね！　なら俺もお返ししますよ！」

腰に回していた左手を動かし、股の間にすべり込ませる。狙いはもちろん秘部だ。

「ひゃっ!? んっ、もう! ジュリアンくんだって手が早いじゃない! はぁ、はうっ!」

そのままディアナへのキスとセラフィーヌへの愛撫を続けて、しばらくすると今度は、キスと愛撫を交換する。

「んくっ、あうっ! やぁっ、指が中にぃっ! これ気持ちいいのっ!」

「はぁ、はぁぁ……んうぅっ!? はむ、ちゅるるっ……れるっ、ちゅううっ♪」

ふたりを交互に愛撫していき、そのまま限界まで興奮を高める。

もちろんその間も、カルミラとのセックスも継続中だ。

こちらもだいぶ興奮が溜まってきたようで、喘ぎ声がだんだん大きくなっていく。

「あぐうぅぅううっ! はひっ、はうぅぅんっ! そんなに激しくされたらっ、壊れちゃいますっ! あああぁぁぁっ!」

「これくらいなら、いつもやっているじゃないですか、大丈夫ですよ!」

「そんなこと言われても、現に気持ちよすぎてぇ……ひゃいっ、くうううぅぅぅっ!」

パンパンと乾いた音を立てながらリズムよく腰を打ちつける。

膣内も直接刺激を受けて、より熱くなり快感も高まっていった。

カルミラは両手にギュッと力を込めて、シーツを握って耐えているようだ。

けれど、それでも抑えきれないほどの快感が彼女を襲っている。

「ひぃ、はぁはぁっ……んぐっ、深いっ……ひぐぅ!」

肉棒をぐっと押し込むと、うめくような嬌声が聞こえた。

普通なら少し躊躇してしまうだろうけれど、経験からまだ大丈夫だと判断する。

本当にマズいなら、自分の体を支えていられずに倒れてしまうだろう。

なので、遠慮なく思い切って大きなストロークで腰を打ちつけた。

「ひゃぅんっ!? やっ、もう敏感なのでっ……あぁっ、んぎゅううぅぅっ!!」

ビクビクッと背筋を震わせながら快感を享受するカルミラ。

その顔は立て続けに与えられる快感でトロトロになっていて、とても情欲をそそられる。

「カルミラ様、このまま最後までいきますよっ！」

「す、少しは手加減をしてっ……いぎゅっ！ はひっ、奥がっ、突き上げられっ……ひっ、あんんんぅぅっ!!」

すっかり開発されている子宮口を責められて甲高い嬌声が聞こえてきた。

そこから一気に快感が全身へ回ったのか、膣内もヒクヒクと不規則に震え始める。

「ひぁっ、あああぁぁあああぁぁっ！ イクッ、イキますっ！ だめっ、もう限界ですぅぅっ！」

とうとう我慢できなくなったのか、カルミラが悲鳴を上げる。

「こっ、これ以上我慢できませんっ！ 早くっ、早くジュリアンの子種を……あぃ、んぐっ、中にくださいぃっ！」

「そんなに欲しいんですか？」

「欲しいんですっ！ ドクドクって、お腹に熱いの注いでくださいっ！」

その言葉に俺の興奮も限界まで高まり、加えて左右からも刺激が与えられる。

「真面目なカルミラが見せるエッチな顔も素敵ね。さあジュリアンくん、妹にたっぷり種付けしてあげて？　んっ、はむぅっ！」

「……これが終わったら、次はまたわたくしたちの番なんだから。忘れるのは許さないわよ？　あむ、ちゅるるっ！」

セラフィーヌとディアナから代わる代わるキスされて、腰の奥から熱いものがせりあがってきた。

「カルミラ様も、セラフィーヌ様も、ディアナ様も、本当にエッチなお姫様たちに育ってくれましたね。お望みどおり種付けしてあげますよ！」

俺はラストスパートをかけ、激しく腰を振りながら指先でふたりの秘部をかき乱す。

「イクッ、イクッ、ひあああぁぁぁぁっ！　きてっ、種付けしてくださいいいぃぃぃっ!!」

「はぁっ、んぐっ！　ジュリアンくんもいっしょにイってね！　んぁっ、イクウウゥゥゥッ!!」

「ああ、またジュリーにイかされちゃうのっ！　イクッ、ひぃぃぃぃっ！　あああああぁぁっ！！」

三人が同時に絶頂し、全身を震わせて俺の体に縋りついてくる。

そして、俺も彼女たちの興奮の熱さを感じながら射精した。

「ぐっ、うぁ……ッ!!」

そのまま下半身が蕩けてしまうかと思うほどの快感と共に、子種がカルミラの子宮へ注ぎ込まれていく。四人でいっしょに迎えた絶頂は、俺たちの体が溶け合ってしまいそうなほどの気持ちよさだった。

やがて、俺たちはそれぞれ力尽きるようにベッドへ倒れ込む。

「はぁ、ふぅっ……さすがに三人いっしょは少し休憩しないと……」

体力には自信があるけれど、彼女たちの絶頂を一身に受け止めると興奮のし過ぎで疲れてしまう。

そんな俺のもとへ、絶頂から回復しつつある王女たちが体を寄せてきた。

「ジュリアン、出しすぎです！　中に収まり切らずにこぼれてしまいますよ。でも、すごく気持ちよかったです。またしてくださいね？」

「わたしも凄く気持ちよかったわ。こんなふうに姉妹いっしょに楽しくエッチできるのはジュリアンくんのおかげよ。感謝しているわ」

「はぁ、んんっ……次はわたくしなんだから、さっさと復活しなさい。指だけじゃ満足できないんだから……ジュリーがわたくしをこんなにしたんだから、責任取りなさいよ？」

三者三様の言葉を受け取り、嬉しい気持ちで胸が満たされていく。

「ええ、姫様たちに選んでいただいたこと、きっと後悔させませんよ」

これからも、少なくとも三人とも孕ませるまでこの関係は続くだろう。

彼女たちが望めば、二人目も三人目も。

その気持ちに応えられるように、日々精進しようと思うのだった。

あとがき

みなさま、こんちんは。もしくは、はじめまして。赤川ミカミです。

今回は「ルーンヴァリス王国の最強執事　～三人のお姫さまを俺好みに育てました～」という作品を、書き下ろしでパラダイム様より出させていただくことが出来ました。

これも前作共々、みなさまの応援あってのことです。本当にありがとうございます。

過去作では貴族など上流階級に属する主人公を多く書かいてきましたが、今回はその逆になります。お城の使用人で、しかも前職は旅商人という、正反対の境遇です。

主人公の立場が逆転しましたので、当然メインのヒロインたちもメイドなどからお姫様へと変わっています。


今作は大まかに言うと、女王陛下にスカウトされて王女専属の執事になった主人公が、王家の伝統のために王女様たちへこっそり性教育していくというストーリーになります。

使用人である主人公ジュリアンが高貴なお姫様たちをエロエロに調教していく、というところを楽しんでいただけると幸いです。

王女姉妹、長女のセラフィーヌ、次女のカルミラ、三女のディアナ。三人のヒロインたちとのシーンもたくさん用意してありますので、一人でも好きになっていただけると嬉しいです。

ヒロインたちはそれぞれ、ヤッペン様の素敵なデザインでイラスト化されていますので、そちらもぜひお楽しみください。

ヒロインたちの特徴がとても魅力的に描かれていますので、必ず満足していただけると思います。


さて、それでは最後に謝辞を。

今作もお付き合いいただいた担当様、いつもありがとうございます。

書き下ろしということで、普段より多くの助言や指摘をいただいて大変助かりました。

そして、拙作のイラストを担当してくだささたヤッペン様。表紙から各種挿絵まで十枚以上の美麗なイラストを描き下ろしていただいて、本当にありがとうございます！

それぞれヒロインの性格が一目で分かるような素晴らしいキャラデザインに、ページいっぱいに広がる艶姿まで。イラストのおかげで魅力が何倍にもなり、とても感動しています！


最後にこの作品を読んでくださった方々、過去作やＷＥＢから追いかけてきてくださった方、すべての読者の方に感謝いたします！

これからも頑張っていきますので、どうぞ応援よろしくお願いいたします。

それではまた次回作で！

二〇一九年十二月　赤川ミカミ

キングノベルス
ルーンヴァリス王国の最強執事
～三人のお姫さまを俺好みに育てました～

2020年 1月 31日　初版第1刷 発行

■著　　者　　赤川ミカミ
■イラスト　　ヤッペン

発行人：久保田裕
発行元：株式会社パラダイム
〒166-0004
東京都杉並区阿佐ヶ谷南1-36-4
三幸ビル4A
TEL 03-5306-6921
印刷所：中央精版印刷株式会社

KN074